A BRECHA

uma **reviravolta**volta

quilombola

GRUPO ESTRELA

PRESIDENTE Carlos Tilkian

DIRETOR DE MARKETING Aires Fernandes

DIRETOR DE OPERAÇÕES José Gomes

EDITORA ESTRELA CULTURAL

PUBLISHER Beto Junqueyra

EDITORIAL Célia Hirsch

COORDENADORA EDITORIAL Ana Luíza Bassanetto

PROJETO GRÁFICO Estúdio Versalete
  CHRISTIANE MELLO E KARINA LOPES

REVISÃO DE TEXTO Luiz Gustavo Micheletti Bazana

Dados Internacionais de Catalogação na Publicação (CIP)
(Câmara Brasileira do Livro, SP, Brasil)

Santos, Arquimino dos

A brecha: uma reviravolta Quilombola / Arquimino dos Santos, Deborah Goldemberg, Jefferson Gonçalves Correia. – 1. ed. – Itapira, SP : Estrela Cultural,2020.

ISBN 978-65-86059-49-6

1. Diversidade cultural - Literatura infantojuvenil 2. Ficção – Literatura infantojuvenil 3. Literatura infantojuvenil 4. Quilombos – História – Literatura infantojuvenil I. Goldemberg, Deborah. II. Correia, Jefferson Gonçalves. III. Título.

20–45725   CDD–028.5

Índices para catálogo sistemático:
1. Ficção : Literatura infantojuvenil 028.5
2. Ficção : Literatura juvenil 028.5
MARIA ALICE FERREIRA - BIBLIOTECÁRIA - CRB-8/7964

✪ Cultural

Rua Roupen Tilkian, 375
Bairro Barão Ataliba Nogueira
13986-000 – Itapira – SP
CNPJ: 29.341.467/0001-87
estrelacultural.com.br
estrelacultural@estrela.com.br

CENTRO ESTRELA
DE ATENDIMENTO
AO CONSUMIDOR
www.estrela.com.br

Arquimino dos Santos

Deborah Goldemberg

Jefferson Gonçalves Correia

A BRECHA

uma**revira**volta
quilombola

Este livro é
dedicado ao povo
quilombola do
Sapê do Norte.

*Quando caminho pelo Córrego da **Cupuba**, passo sempre por debaixo das mangueiras e gosto de andar olhando para o alto. Sei que corro o risco de levar um tropeção e cair de cara no areal, mas compensa pensar o mundo ao contrário um pouco — o céu como o território, rasgado por rios de troncos e seus córregos-galhos, as pequenas lagoas de folhas e principalmente as mangas majestosas, algumas verdes e outras já vermelhas. Como as pessoas, algumas já maduras para o amor, e outras não.*

A última coisa que Fred queria na vida era passar as férias no sítio do vô Sérvulo, mas claro que seu pai não perderia a chance de passar o *réveillon* em Copacabana com a nova namorada e, para isso, tinha que deixá-lo naquele fim de mundo. Quando embicaram na porteira, após quilômetros e quilômetros de eucaliptos de um lado e do outro da propriedade, sem nem um vizinho em vista, o garoto teve a certeza de que não teria nem um amigo com quem brincar nas férias. Tudo bem que o vô gostava de pescar, tinha TV com antena parabólica e eles raramente tinham a oportunidade de se ver. Estas foram as ótimas razões que seu pai lançou para justificar seu destino de férias, mesmo sabendo que na real Fred gostava era de trocar ideia e jogar bola. Ou seja, seria um mês nulo, pensou o menino. Saco.

O pobre vô Sérvulo até que se esforçou. Veio abrir a porteira todo sorridente anunciando que tinha uma surpresa e tanto para o neto. Tipo, uma piscina inflável de bolinhas, ironizou mentalmente Fred. O pai exclamou, eufórico, querendo animar o filho:

— O que será, filho?

Como o menino estava sem energia para o teatrinho, resolveu nem adivinhar. Então, foi o vô mesmo quem respondeu:

— Uma bicicleta!

Até que não era má ideia, porque Fred adorava dar um giro. Mas ali? Tipo, ir aonde de bicicleta? Para não falar que andar de bicicleta em estrada de terra cansa mais que subir escadas.

Enfim, disse:

— Legal, vô. Valeu.

O vô ficou eufórico.

— Eu sabia que você ia adorar!

— Os adultos e seu eterno papo consigo mesmos — pensou Fred.

Entraram no casarão, onde Dona Luzia estava preparando o almoço. Peixe frito, arroz, feijão e farinha de mandioca, claro: o de sempre. A comida dela era boa mesmo, mas Fred sabia que comeria exatamente a mesma coisa pelos dez dias seguintes, o que o desanimou ainda mais. O pai estava animado:

— Que delícia essa comidinha, Dona Luzia. A senhora é uma cozinheira de mão-cheia mesmo! Se eu pudesse, levava a senhora embora pra casa pra poder comer essas delícias todos os dias.

A negra desferiu seu sorriso lunar, meio alegre e meio triste. Não dava pra saber, na real. Até que ela se esforçou para saber de Fred:

— Oi, minino, tudo bem com ocê?

— Tudo — respondeu ele.

— Você tá quieto, Fred! — o vô logo observou. — Tá desanimado de passar as férias na roça com o vô?

Fred sabia que seu pai morreria se ele dissesse a verdade, então mentiu:

— Imagina, vô. Só tô cansado. É uma viagem bem longa. Aliás, tudo bem se eu for descansar um pouco antes do almoço?

— Claro! Você está em casa. Depois tem videocassete com um monte de filmes que comprei pra você. E quando você quiser pescar, é só me chamar que eu peço pro Totonho ajeitar o barco. Você não imagina o peixão que a gente pescou no Rio Cricaré na semana passada. Uma beleza!

Assistir a filmes no videocassete e sair pra pescar seria o seu programa de férias, enquanto todo mundo ia pra praia com a família reunida:

— Beleza, vô. Depois a gente combina.

Seguiu rendido rumo ao quarto. Ao menos a cama era enorme e fofa como uma nuvem, recoberta com uma colcha de crochê colorida. Fred gostava daquela textura, que o lembrava da casa de sua mãe, que ele pouco frequentava ultimamente. Olhou para o verde através da janela. Os tantos tons de verde das folhas brincavam com a luz do sol. Não era feia à vista, mas a plantação de eucaliptos era repetitiva e isso dava certa paúra. Pensou em ler o mangá que levara consigo, mas perdeu a vontade só de imaginar que não teria com quem conversar a respeito depois. De desânimo, cochilou.

Nem bem migrou para o mundo dos sonhos e seu pai apareceu no quarto, apressado para o almoço. Precisava voltar logo para Vitória, a tempo de terminar de fazer as malas e seguir viagem com a nova namorada, a número quatro desde o divórcio que duraria mais uns dois meses na estimativa de Fred. Seguiriam no primeiro voo para o Rio de Janeiro, cedinho. A pressa do pai também deixou vô Sérvulo triste:

— Más, Lucas, você não vai ficar nem uma noite com a gente? Ainda é dia 25!

Fred revirou os olhos discretamente. Será que o velho não sacou que o pai não tinha ido vê-lo, e sim só deixá-lo ali e cair fora? O pai respondeu que era impossível:

— Imagine, tenho que ir cedo e ainda hoje porque mais tarde tem aquela maldita Festa de São Benedito na Serra que vai provocar o maior trânsito na estrada.

O avô continuou insistindo, vai saber por quê:

— Puxa, filho, eu queria tanto tomar uma cachacinha contigo. Te contar como vão as coisas aqui. Saber de você, ora!

Nessa hora, o pai já tinha se voltado para a cozinha para ver se Luzia tinha finalizado o almoço. Roubou um aipim frito, achando que isso a faria rir. Só que não.

— Eita, Luzia, tá triste?

Ela disse que não, mas ele insistiu, enquanto lia o rótulo da goiabada cascão.

— Me conta, nega.

— I ocê se interessa por nóis aqui?

Lucas parou por um instante.

— Ué, claro que me interesso!

— É ruim, hein? Num parece aqui em anos seguido e agora passa que nem **corisco**. Mesmo que nada. O véio tá precisado de ocê.

Ao ouvir "mesmo que nada", o pai se mobilizou:

— Como assim, mesmo que nada? Que cobrança, hein! Eu estou aqui, não estou? Luzia respondeu como tinha que ser:

— Que tá, tá...

— Então pronto! — arrematou o pai.

— Intão pronto! — ecoou Luzia.

Da sala, Fred pensou:

— Por que será que o silêncio depois de um eco parece ainda maior?

Quando vejo as estacas de braúna espetadas no terreno atrás da casa de Margarida abandonadas, sabendo que já estiveram repletas de pimenta-do-reino, quase posso vê-la curvada labutando com seu grande chapéu de lona, de luvas grossas e botas de borracha.
Ao mesmo tempo que lembro dela surgindo para a Festa de São Benedito de vestido e batom do tom exato das pimentas que ela cuidava com tanto esmero. Como era possível tanta força e graça coexistirem na mesma alma?

Fred foi dormir tão cedo naquela primeira noite no sítio do vô que madrugou no dia seguinte. Acordou às 5 horas da manhã. Abriu a janela e viu que estava começando a amanhecer, a plantação ainda em tons de cinza. Resolveu dar uma chance ao lugar e dar um rolê sozinho com sua bicicleta nova. Quem sabe não havia vida no meio daqueles eucaliptos? Podia ser que ali no meio houvesse algum resquício do que havia antes de arrancarem a mata nativa para plantarem a espécie do outro lado do mundo, perfeita para produzir guardanapo e papel higiênico. Quem sabe?

Pegou a bicicleta e saiu pela trilha de terra batida sem rumo certo, tentando manter algumas referências para lembrar como voltar depois. Passou a porteira e adiante marcou um ninho de passarinho grande num galho baixo. Foi pedalando e observando. Marcou os pneus velhos abandonados num canto. Montinho de lenha cortada. Sacos de carvão amontoados.

Como será que se faz esse carvão? Sabia que era feito com galhos das árvores, porque tinha pesquisado para um trabalho da escola. Deviam queimar em fornos de barro. Quem seria? Não deu nem 15 minutos e Fred avistou na estrada uma figura vindo na sua direção.

Legal ver alguém ali, mas, credo — que figura alta e comprida é essa?

Parou a bicicleta e esperou a aproximação de quem quer que fosse. Ele ou ela vinha num passo rápido, quase dançado. Ao aproximar-se um pouco, Fred conseguiu ver que não era uma pessoa tão alta, mas alguém pequeno que carregava algo grande na cabeça. Uma lata? Sim, parecia ser uma lata, porque o corpo embaixo era magro e em cima tinha um grande cilindro. Se aquilo era mesmo uma lata, então a pessoa embaixo devia ser mais ou menos da sua altura e, portanto, da sua idade! Caraca, devia ser pesado carregar aquilo! Por que alguém andaria às 5 horas da manhã com uma lata pesada daquele jeito na cabeça? Alguém da sua idade, que devia viver ali perto? Tudo bem que devia ser alguém esquisito, mas sei lá, de repente carregar latas na cabeça é um esporte novo? A esperança brotou em Fred: a expectativa de que nem tudo estava perdido nas férias.

A figura ia se aproximando e Fred salivava. Precisava saber quem era! Será que era um menino? E da sua idade? Tomara! Será que ele gostava de jogar bola ou de brincar de *videogame*? Gostava de andar de bicicleta, como ele? Ia ser bom demais! Imagine, um menino que os pais tinham deixado para passar as férias na casa de algum tio, porque os pais sempre têm coisas melhores para fazer e, bem, ele também estava lá no meio do nada. Nossa, seria muito bom ter alguém com quem conversar. Na cabeça de Fred, tudo aconteceria como num filme. Era um menino, que ia vê-lo e ficar feliz. Ele o convidaria para tomar um lanche na casa do avô e eles comeriam as delícias que só a Luzia sabe fazer.

Sem aguentar mais à espera da figura que se delineava aos poucos, Fred colocou os pés no pedal e avançou para chegar mais rápido perto dele e, então, ele foi notado. Houve um instante em que a figura com a lata de água na cabeça parou e, como se jamais tivesse estado lá, desapareceu. Sumiu sem deixar rastro, como se tivesse sido desintegrado do Universo. Fred até coçou os olhos. Será que foi miragem? De tanta vontade que ele estava de encontrar alguém? Ou será que a pessoa se deslocou para dentro da plantação numa rapidez tão grande que Fred nem viu direito? Fred ainda tentou chamar:

— Ei, você! Menino! Oi! Ei, pessoa! Quem quer que seja!

Não houve resposta. Ué! Será que ele teve medo? Medo de quê? Fred pedalou até o ponto exato em que a figura tinha desaparecido. Olhou para dentro dos eucaliptos e decidiu sair da trilha para dentro da plantação. Pulou a cerca com cautela e avançou um pouco, mas sentiu-se confuso no meio daquelas árvores idênticas e alinhadas como um exército de soldados. Ficou por alguns instantes olhando as fileiras e deu até tonteira. Parecia um labirinto. Não viu mais o menino nem a lata. Gritou ao léu:

— Menino? Não tenha medo. Quero só conversar!

Seu grito ecoou e o silêncio surdo pairou, até que um marimbondo barulhento irrompeu bem perto do seu ouvido. Credo! Fred levou um susto. Tentou se desvencilhar, mas o bicho era insistente. Rondava como quem diz: "Vai embora!" Desconsolado, Fred resolveu voltar para casa, mas resolvido a retornar no dia seguinte.

*Entro na casa de Conceição e me lembro de ter estado ali no limiar do despertar, a sala repleta de **congos** vestidos de branco e recobertos de fitas coloridas até me deparar com o seu **embaixador**, que levava o **peitoral** de espelho no qual eu vi a mim mesmo dentro desse outro, como se fosse pela primeira vez. Só a visão real do outro nos remete a nós mesmos, pelo contraste e pelo reflexo. Daí é que surge a possibilidade de estarmos verdadeiramente juntos. Só quem sai de si é capaz de amar o outro.*

Quando Fred chegou de volta, vô Sérvulo estava sentado na mesa do café da manhã comendo os **beijus** perfeitos de Luzia:

— O pai mandou notícias? — quis saber Fred.

O avô disse que ele já estava em Vitória, pronto para embarcar. Disse ao garoto que não se esquecesse de dormir com o aparelho nos dentes. E emendou que já estava pronto para levar o neto favorito para pescar no Rio Cricaré. Tinha a certeza de que isso animaria Fred, que passara por uns maus bocados desde a separação dos pais. "O contato com a natureza é importante para quem vive na cidade" era seu *slogan*. Já tinha pedido para o Totonho organizar os apetrechos. Foi só o tempo de devorar alguns beijus recheados com queijo e goiabada, a coisa que Fred mais gostava na casa do avô, que saíram os três rumo à pescaria. O vô deixou avisado:

— Luzia, nós chegaremos no fim da tarde. Prepare o arroz e a salada, mas não se preocupe com o peixe, que pescar é com a gente mesmo. Não é não, Totonho?

A cozinheira riu, mas Totonho não. Será que ele gostava de pescar, afinal? Era engraçado como a vida do vô Sérvulo girava em torno de Totonho e Luzia. Era como se eles fossem sua nova família, desde que ele se separou de vó Sônia e foi morar no sítio. Vô Sérvulo tinha se separado da vó Sônia justamente porque ela gostava de cidade e ele do campo. Quando ela ia para o sítio, verdade seja dita, ficava de mau humor assistindo à TV o tempo todo. O plano dele sempre fora ficar no campo de vez. Desde a aposentadoria ele sentia que tinha cumprido o tempo dele na cidade, como se fosse tempo de prisão. Ficaram meses nesse puxa pra cá, puxa pra lá, até que ele disse: "Quer saber? Fica pra lá, que fico eu cá". Vô Sérvulo era assim, prático. Aliás, a família toda era de insistir pouco um com o outro. Com seu pai e sua mãe não foi diferente. Ao menos, foi assim que explicaram para Fred o que ele ainda tentava digerir: "Seu pai quer uma coisa e eu quero outra, então, é melhor cada um ser feliz no seu canto".

Após isso, não houve eco, mas é certo que algo ficou oco lá dentro.

Luzia não morava no sítio do vô Sérvulo, mas estava sempre lá. Parecia até que morava. Ela tinha um quartinho de madeira nos fundos. Uma vez Fred foi até lá, quando o vô estava precisando de ajuda para acender o fogão e ela não o ouviu chamar. Era um tipo de barracão, com uma cama e uma cadeira. Não tinha janela de vidro, como na casa do vô. Era só a janelona de madeira que ficava ou totalmente aberta ou fechada de vez. Fred viu que tinha uns santos num altarzinho, com umas pedras bem bonitas em volta. Uma pia ficava do lado de fora, onde ela guardava a escova de dentes dentro de uma caneca de alumínio. Mas onde ficava o banheiro?

— Ôxi, menino! Ocê acredita que até hoje me esqueço de pedi pra Totonho fazê um pra mim?

Já pensou, esquecer de uma coisa assim?

O povo da roça é bem diferente mesmo. Fred ouviu dizer que Luzia voltava para casa só nos domingos. Como será uma casa em que a gente vai só uma vez por semana?

Totonho era um negro gigante e Fred teve a certeza de que nunca tinha visto uma pele tão escura como a dele. Se ele ainda tivesse todos os dentes, certamente teria um sorriso bonito. Não que ele fosse velho, nada disso. Seu corpo era forte como o do incrível Hulk dos desenhos. Devia ter uns 40 anos. Era difícil dizer. Seu avô sempre vinha com aquele papo de que gente de pele escura nunca envelhece. Deviam envelhecer de outro jeito, sei lá. Por dentro, certamente, deviam envelhecer igual. Só que Totonho era calado, calado. Não dava nunca para saber o que tinha dentro dele.

Na caminhada de casa até a beira do Rio Cricaré só o vô foi falando e falando e rindo e contando piadas, feliz da vida, mas Totonho não dizia nada. De vez em quando, Totonho mostrava para Fred alguma planta diferente ou dizia:

— Cuidado aqui, minino, que essa fôia queima.

No início, Fred ainda estava pensando direto no menino da lata, mas o sol foi esquentando e ele foi se conectando com o passeio. Nesse sentido, vô Sérvulo estava certo: a natureza faz bem. Daí, foi querendo saber por que a "fôia" queimava (não sabia se dizia "fôia" mesmo quando respondia ao Totonho, ou se tudo bem cada um dizer do seu jeito). Percebeu-se dizendo duas versões: "Mas Totonho, por que a fôia queima? A folha, quis dizer". Era um jeito de garantir que se entendessem, né? Totonho explicava que naquela planta o que queimava mesmo eram as folhas repletas de espinhos minúsculos disfarçados com flores brancas.

— Isto aqui é o **cansanção**, viu, minino. Si ocê roçá a perna nela é bom tá com vontade de **vertê**, porque o xixi faz a queimação da pele pará na mesma da hora.

Fred ficou meio bolado, sem saber ao certo se acreditava ou não.

— Isso aí, Totonho! Se deixar esse moleque solto no mato, ele não se vira nem por um dia. É bicho de cidade. Como eu era antes de vir pra cá! — O vô ria.

O Rio Cricaré surgiu lindo. Quando a água despontou no fim da trilha, parecia que tinham chegado no mar, de tão largo o leito e de turbulentas as águas. Depois desceram um barranco bem íngreme repleto de chama-maré, como explicou Totonho, uns caranguejinhos miúdos com **puãs** gigantes de um só lado. Na verdade, ali era perto do encontro do rio com o mar, a boca da barra. Quando a maré enchia com a força da lua e do vento, as águas ficavam desse jeito. Totonho ia contando. Tinha deixado o bote amarrado e dentro dele saltaram todos. Então, deslizaram por entre ondas com dificuldade e Fred ficou todo molhado, porque respingava muito, mas foi vendo que não fazia mal se molhar no sol, pois logo secava.

Ancoraram num ponto bom escolhido por Totonho, que logo foi preparando os anzóis para todo mundo pescar. Cada um ganhou uma vara e ficou esperando. Não deu 2 minutos e Totonho sentiu a fisgada. Era um peixão bom de briga, soube na hora. Mesmo com toda a habilidade daquele pescador o bicho não veio logo para o bote. Levou o tempo de vô Sérvulo chupar quase meia dúzia de laranjas, ansioso para pôr as mãos no peixe. Finalmente, o peixe surgiu do meio das águas e todos vibraram. Era um robalo e foi trazido para o barco. Fred se deu conta de que jamais tinha tocado em um peixe inteiro, muito menos com vida. Ainda que aquele estivesse arfando, a cada respiração ofegante se via o sangue vivo naquelas guelras vermelhas. As escamas brilhavam.

Em seguida, para surpresa de todos, o anzol de Fred puxou! Foi muito louco pescar um peixe de verdade! Deu um frio na espinha, um sei lá de não saber muito bem o que fazer, ainda mais porque o peixe era tão forte que o menino quase caiu dentro da água. Totonho assumiu a vara e,

nossa, o peixe quase desequilibrou o pescador! Travaram uma verdadeira guerra, o homem e o bicho. O peixe lutou demais para escapar, mas o gigante não soltava. Totonho se empenhou muito e suou tanto que teve até que tirar a camisa de tão molhada, enquanto exclamava frases estranhas:

— Ixe-danado, São Binidito das Piaba me ajude!

Chegou a ponto de pensar que nem parecia mais que era só um falar diferente, e sim outra língua, um dialeto, sei lá. O menino gostou daquele Totonho mais vivo e falante! Empenhou-se para ajudá-lo com os equipamentos. O vô disse que não precisava ajudar, mas parecia natural oferecer. Aliás, até mais divertido!

Quando finalmente o peixão se rendeu, conseguiram erguê-lo para dentro do barco e sufocá-lo. O passo seguinte foi colocá-lo no colo do vô Sérvulo para tirar a foto oficial. Fred se lembrou do mural que tinha na casa do avô, repleto de fotos de suas pescarias históricas, e entendeu tudo.

— Pescar é com a gente mesmo! – disse Totonho.

Fred deu risada, enquanto o velho se regozijava:

— Essa daqui eu vou mandar para a revista *Pesca e Movimento*! Todos vão ver este, este...

— Como é o nome deste aqui, Totonho?

— É o **camurupim**, Seu Sérvo.

— Vamos sair na capa, Totonho! — arrematou o vô.

"Nós, ele queria dizer, era ele próprio! Ego total" — pensou Fred, mas deixou quieto. Sei que Totonho não pareceu se importar. Acho que já estava acostumado. Sei lá.

Na volta para casa, quando já estava verde de fome, foi que voltou a lembrança do menino da lata. Quem será que era ele? Será que ele morava ali? Alguém morava ali? Ficou com vontade de perguntar para Totonho, mas resistiu. Foi boa a ideia da pescaria, porque de tão cansado que ele estava ia poder jantar e dormir cedo para conseguir acordar às 5 horas da manhã de novo e tentar contato com o menino da lata no dia seguinte. Senão, o vô Sérvulo ia querer jogar pingue-pongue até tarde. Na mesma mesa que jogava com seu pai, como ele sempre dizia: "O Lucas adorava."

Quando chegaram em casa, Luzia tinha deixado tudo preparado, conforme o combinado. O arroz e a salada toda colorida estavam na mesa. Agora, faltava apenas tratar o robalo e cortá-lo em postas, que seriam mergulhadas no molho de tomates frescos temperados com cebola e bastante coentro. Daí, era só deixar ferver a moqueca **capixaba** na panela de barro, prato favorito do vô. Totonho e Luzia se debruçaram sobre as tarefas.

Após a moqueca maravilhosa do jantar, Fred disse que estava exausto e pediu licença para ir dormir cedo. Vô Sérvulo estava à espreita para o convite já esperado pelo neto:

— Ei, Fred, eu ainda tenho aquela mesa de pingue-pongue... mas Fred já tinha a desculpa pronta.

— Eu sei, vô, mas hoje não. Amanhã a gente joga, tá? Tô cansadão hoje. Despediram-se e o neto agradeceu a pescaria.

— Foi massa a pescaria, vô!

O fogão a lenha era agora uma relíquia, que me remetia ao afã com o qual aquela quantidade imensa de crianças se aproximava do seu fogo estralado. Se eram filhos, netos, sobrinhos ou bisnetos, não dava para saber. As mãozinhas se empilhavam, de corpos entrelaçados: "Tia, já tem de cumê?" ou "Dinda, Jeremia ganhô bolacha e nóis também qué!". O tempo se perdia ali e jamais se ouvia: "Crianças, é hora do almoço!" Havia apenas o apetite da meninada a determinar o horário dos lanches e das refeições. As

mulheres se revezavam nas panelas e pias, aparentemente
sem trégua, espelhando a labuta de seus homens na roça
ardente, tudo para que a infância jamais ouvisse um não.

No dia seguinte, às 5 horas em ponto, Fred amanheceu superdisposto a voltar ao mesmo lugar onde tinha visto o menino da lata. Para isso, teria que enfrentar o exército de árvores e o medo do marimbondo que o espantou antes. Preparou uma mochila com binóculo, refri com bolachas, a HQ que ganhou do pai no Natal e um banquinho armável. Montou na bicicleta e foi até lá no mesmo local. Desmontou e se organizou para esperar. Tomou o cuidado de não parar no meio da trilha, onde ficava muito visível, preferindo um recuo na plantação. Tentou se concentrar na história do seu livro, que era massa, japonesa e tal, mas toda hora olhava para ver se o menino da lata se aproximava. Era mais interessante que os super-heróis do livro! E ainda tinha dons mágicos, porque aparecia gigante na distância e sumia no meio do **eucaliptal**.

Quando deu 5h30, um pontinho escuro surgiu na distância. Alto e esguio. Era ele! Fred fechou o livro e escondeu-se atrás da árvore. Seu plano era esperar o menino passar por ele e daí, então, se apresentar. Trouxe um pacote extra de bolachas e tudo para oferecer. À medida que a sombra esguia crescia se aproximando, Fred notou que havia uma sombra menor que o acompanhava. Bem menor e saltitante, com os cabelos balançando. Uma criança.

"Talvez o menino tenha uma irmã mais nova? Será que a família dele é grande?" — respirou fundo, tal a antecipação pelo encontro.

A dupla se aproximava lentamente, mas Fred pôde ouvir suas vozes. Conversavam alegremente e cantarolavam uma

canção bem ritmada. Fred torceu para os dois não entrarem pela plantação antes de passarem por ele e, ufa, passados alguns minutos ele conseguiu ouvir suas pegadas sobre as folhas secas. Era iminente o encontro! Eles passaram pelo seu ponto e ele viu que era sim um menino mais ou menos da sua idade, pele bem negra, e uma menininha que devia ter uns 5 anos com os cabelos bem crespos. Andavam descalços, ambos. Assim que passaram, Fred saiu detrás da árvore:

— Oi, menino!

Viriato tomou um susto e deu um salto enorme para trás. Só não derrubou a lata de água graças à destreza que tinha para carregar o peso na cabeça. Abraçou a irmã, com o intuito de protegê-la. Estava acuado. A menina, que vinha alegre pela estrada, ficou assustada. O branco dos olhos arregalados dos dois se destacava no susto.

— Oi, eu sou o Fred, moro aqui do lado... não precisa ter medo.

O menino Viriato não quis saber. Largou a lata de água no chão, pegou a irmã no colo e, num salto impressionante pela cerca, desapareceu para dentro do eucaliptal. Quase tão rapidamente quanto na primeira vez, só que desta vez Fred pôde acompanhar seus movimentos ágeis como os de uma jaguatirica. Em instantes, ele os perdeu de vista. Eles conheciam muito bem aquele território e não tinha como segui-los. Preferiu não insistir.

O menino da cidade ficou para trás, sem entender aquele medo todo. Aquele pessoal do meio do eucaliptal tinha medo dele! Não era para ser o contrário? Quem eram eles? Por que tinham tanto medo? Voltou para casa triste e intrigado.

Na hora do café da manhã, quando vô Sérvulo se sentou à mesa, Fred foi logo disparando:

— Vô, eu estava andando de bicicleta pela plantação de eucaliptos e encontrei um menino da minha idade andando com uma lata na cabeça. Um menino negro.

— Deve ser o saci ou o curupira! — O vô riu.

Dona Luzia não disse nada. Aliás, ela tinha esse jeito de não reagir a absolutamente nada que o avô dissesse. Fosse besteira ou algo legal, ela sempre mantinha os olhos focados na sua tarefa ou mirando a distância.

— O vô acredita que existe saci e curupira?

— Só pode ser! Para morar no meio do mato, só se for isso mesmo. — Ele riu mais ainda.

— E saci e curupira têm medo da gente? — Fred testou o avô.

— Medo da gente? Por que teriam? Somos gente civilizada, ué?

— Sei lá, vô. Esse menino teve mais do que medo de mim. Teve foi pavor! Saiu correndo como se eu fosse lobisomem ou coisa pior!

— Ah, meu filho, deve ser um caipira ignorante que nunca viu ninguém da cidade, coitado. Deixa ele quieto que ele deixa a gente quieto. Cada macaco no seu galho, você aqui, ele lá. Falando nisso, o que você acha de tomarmos banho de **bica** hoje? O Totonho vai arrumar as coisas pra gente. A nascente é aqui pertinho, dá uma boa caminhada e um refresco ainda melhor. É o segredo da minha juventude.

O segredo da juventude não era exatamente o que Fred precisava. Ao contrário, contava os dias para que sua juventude passasse logo e ele pudesse ser independente e ir viajar com os amigos para um lugar legal nas férias. Com certeza, não viria visitar seu avô por um bom tempo quando isso acontecesse. Talvez quando ficasse velho e tivesse saudades da juventude. Certamente, isso ainda demoraria no mínimo uns vinte anos. Enfim, já que iam fazer trilha pela floresta até a bica, ele podia aproveitar para obter algumas informações com Totonho. Ele devia conhecer bem a região e, quem sabe, soubesse quem era o tal menino da lata.

*Diante das camas recobertas de mosquiteiros coloridos, me lembro de quando havia apenas casas ocas e eu não entendia onde dormiam as famílias inteiras. Será que dormiam no chão? Tinha vergonha até de perguntar. A dúvida pairou até o dia em que me atrasei para voltar para a casa do vô e, então, junto às estrelas, vi surgirem cestas de palha de onde saíam as redes coloridas. Elas eram dependuradas nos **esteios**, uma sobre a outra, como beliches flutuantes que perfeitamente os acomodavam. Escalavam uns aos outros para chegar nas nuvens, às gargalhadas. Sonhei um dia poder dormir ali.*

A bica ficava perto da casa, até demais. Foram no máximo 15 minutos, numa rota que ainda era quase toda de mata nativa. Foi difícil puxar papo com Totonho porque vô Sérvulo e suas histórias ocuparam todo o tempo. Quando o vô se despiu para dar o mergulho da juventude foi que veio a oportunidade de Fred perguntar:

— Totonho, o que fica pra lá?

Totonho estava pegando um pouco de água para beber com uma reverência surpreendente e não reagiu muito.

— Pra lá?

— Sim. Para aquele lado, depois da plantação. Rumo ao norte.

Totonho silenciou e Fred insistiu:

— Você não sabe?

— Sei não. Num tem nada, acho.

— Mas eu vi um menino andando por lá. Carregando uma lata de água na cabeça — insistiu Fred.

Totonho resistia no silêncio. E Fred sabia que, por ser o neto do patrão, talvez ele não confiasse.

— Vai ver foi coisa da minha cabeça. Vontade de ter alguém da minha idade para brincar.

Vô Sérvulo ouviu a conversa de dentro d'água e riu do neto:

— Viu só, Totonho, meu neto encontrou um saci na floresta. Totonho não disse nada, então Fred retrucou:

— Ué, vô, mas você não acha que pode ter gente vivendo lá? Tem que ser saci? O menino me pareceu ter as duas pernas bem boazinhas!

— Mas, menino, até Totonho já disse que ninguém vive ali!

Fred olhou para Totonho. Era bem verdade que ele tinha dito isso, mas o menino sentiu que estavam querendo esconder algo dele, cada qual por seu motivo. O avô perguntou se o neto não ia dar um mergulho, mas ele se recusou:

— Agora não estou com vontade, vô. Vou pra casa fazer minhas coisas.

O resto do dia foi de planejamento para uma nova abordagem no dia seguinte. Fred fez cálculos usando a bússola do avô, coisa que jamais pensou que precisaria na vida. Ele encontrava o menino da lata ao norte da casa, uma meia hora de bicicleta. Sempre às 5h30 da manhã. Então, o menino devia acordar antes das 5 horas e ir pegar água em algum lugar mais para o lado oeste. Às 5h30 já estava voltando para casa. Quanto tempo ele ainda andaria? Mais meia hora para chegar em casa, seguindo aquela trilha do norte? Imaginou o trajeto do menino ao voltar para casa e decidiu que, ao avistá-lo, o seguiria discretamente até seu destino.

Precisaria de uma mochila, água mineral, repelente potente, vários lanches, provisões de primeiros socorros, um canivete, *spray* de pimenta, capa de chuva, apito, enfim, um minikit de sobrevivência para não passar nenhum aperto. Afinal, talvez tivesse que passar o dia inteiro na plantação. Conseguiu providenciar tudo com discrição. Preparou ainda um bilhete para deixar em cima da cama: "Vô, fui dar um rolê na plantação de eucaliptos. Se eu demorar, não se preocupe. Vou fazer umas pesquisas para a escola". Maior coisa estranha escrever isso, mas foi o melhor que ele conseguiu pensar. De toda forma, melhor do que não avisar nada.

Na hora do jantar, Fred notou que Luzia olhava para ele de forma diferente. Como se ela suspeitasse de algo. O olhinho branco dela toda hora dava uma espichada para o lado dele. Vô Sérvulo estava entretido com um novo equipamento de pesca e não notou. Na hora de lavar a louça, Fred resolveu ir até a cozinha ajudar. Não que ele soubesse muito lavar louça, mas foi a desculpa que ele conseguiu bolar:

— Quer ajuda, Dona Luzia?

— Minino, minino... o que é que ocê tá aprontando? — Ela riu.

— Eu? Nada, ué! — Ele riu com ela.

— Totonho contô que ocê tem andado pelos eucalipe.

"Ah, então, os dois conversavam entre eles" — Fred constatou.

— É, sim. Por quê? Você sabe quem é o menino da lata na cabeça?

— Sei de nada não, viu! — Ela riu.

— Que mistério é esse, Luzia? Me conta, vai? Quem é que mora lá pra aqueles lados? Assim, eu só fico mais curioso!

— Ué, tem um povo que mora pra lá, né não?

Os olhos de Fred se acenderam:

— Então, tem? O Totonho disse que não tinha ninguém!

Luzia ficou reticente ao ouvir isso:

— Tem ou não tem, Luzia? Conta pra mim!

Ela respondeu encabulada, mas respondeu:

— Que tem-tem, num é? É ruim di num tê. Me diz onde é que num tem gente morando? Se o que farta aqui é justo terra pro povo? Como é que num ia ter, né não?

Fazia sentido. Vô Sérvulo chamou o neto para ir assistir a um filme com ele na sala.

Fred precisava ir e, também, não quis insistir mais com Luzia. Encontraria o povo da plantação, estava certo.

*Dona Laudemira agora assiste à TV a maior parte do dia, mas a alegria perene do seu sorriso jamais saiu da minha memória, particularmente quando ela vinha descendo a trilha da **cacimba** com sua bacia repleta de roupas torcidas na cabeça, que mais pareciam um monte de cobras enroladas. Parava sempre para papear conosco, para saber de nós. Adorava crianças, justo ela que não as teve, por ter sido a escolhida para cuidar dos pais idosos. Até hoje todos pedem a bênção à mainha, inclusive eu.*

Quando o despertador soou às 5 horas da manhã em ponto, Fred já estava de pé e preparado para o grande dia. Aliás, se alguém o visse com o casaco camuflado que encontrou no sótão, chapéu de pescaria, cantil e mochila de acampamento, diria que ele estava pronto para ir a uma expedição transcontinental. Podia nem ser isso, mas de alguma forma aquilo já se tornara mais do que um mero passeio. Era uma questão de honra! Com um mapa da região feito à mão e a bússola em punho, Fred montou em sua bicicleta e seguiu na direção nordeste para desvendar o segredo do menino da lata. Pedalou e pedalou repleto de esperança até a árvore marcada. E ficou a postos.

Deu 5h30 e eis que surge o menino da lata, como se fosse um encontro marcado. Ele vinha cantando, desta vez sozinho. Cantava e ecoava o canto ele mesmo. Vinha animado, saltitando por entre as árvores sem o menor medo. Fred ficou escondido atrás da árvore e deixou-o passar sem que ele o visse para saber em que direção seguir. Pôde vê-lo bem de perto. Era um menino da sua idade mesmo, negro igual ao Totonho. Vinha só de *short*.

Que coragem andar vestido assim no mato! O menino seguiu. Agora, era só dar um tempinho e seguir seu rastro.

No início foi fácil. Aos poucos, o terreno foi ficando cada vez mais acidentado e íngreme. Depois que a plantação de eucaliptos terminou, demarcada por uma cerca de arame farpado meio horripilante e bem difícil de atravessar, foi surgindo uma vegetação que se diversificava à medida que eles avançavam. Primeiro era um matão com algumas palmeiras, jaqueiras e jambeiros. Depois, as árvores foram crescendo e se adensando, parecia até floresta. Era a Mata Atlântica. Deu até um pouco de medo de topar com uma onça ou pisar numa cobra, mas Fred estava equipado com botas de borracha.

Caminhou, caminhou e caminhou. Às vezes, quase perdia o menino de vista, porque era preciso tomar cuidado para não ser visto. Que lugar longe era esse? Em alguma virada, Fred teve a sensação de que o menino tinha desaparecido. Será que o danado tinha dado alguma guinada para alguma outra direção? Ou se escondido? Olhou para um lado, depois para o outro. Nada. Estava com fome. Já devia estar perto das 8 horas da manhã. Resolveu comer o lanche que carregava no bolso e depois ir seguindo o rumo mais provável. Foi quando ouviu vozes a distância. Gritinhos, na verdade. De crianças. Encolheu-se debaixo de um arbusto e de lá viu umas meninas de uns 8 anos correndo pela mata com cestas de frutas na cabeça. "Nossa, esse pessoal deixa os filhos andarem sozinhos no mato. Ai de mim se eu for sozinho até a padaria! Minha mãe me mata!" — pensou.

Agora era certo. Estava próximo de onde morava o menino, muito próximo. Foi andando na direção para onde as meninas foram, mas tinha que tomar cuidado para que ninguém o visse e o tomasse por um invasor. Passado um tempo, ouviu uma cantoria. Agora, era a voz de vários homens cantando. Devia estar perto de casas, mas havia muita vegetação no entorno e ele não conseguia enxergar. Precisava ter um plano. Viu uma árvore de copa enorme, uma cupuba, meio interligada às outras, o que lhe pareceu uma ótima ideia. Do alto, ele poderia ver sem ser visto. Era sua melhor chance de se aproximar sem causar alvoroço. Estava tomado pela euforia e proximidade de desvendar o mistério.

Subir em árvores não era exatamente seu forte, mas felizmente essa estava repleta de cipós e Fred avaliou que dava para ir pisando nos vãos que se formavam, como se fossem escadinhas. Até que foi fácil no início, só mais pro alto é que foi dando um medo, mas estava rolando e a vontade era grande demais para desistir ali. As vozes estavam próximas. Fred sentiu que estavam cantando praticamente embaixo dele. Agora, precisava só encontrar um local para se sentar e conseguir abrir a folhagem para ver o que tinha embaixo. Foi tateando até encontrar uma espécie de verruga gigante do galho, que poderia servir de banquinho. Agachou-se para sentar, mas um marimbondo atômico voou para dentro da orelha dele! O susto foi tão grande que, antes que pudesse se agarrar a um galho....

Ahhhhhhhh
　Ahhhhhhhhhh
　　Ahhhhhhhhhh
　　　Ahhhhhhhhhhh
　　　　Ahhhhhhhhhhh
　　　　　Ahhhhhhhhhhhh

Fred despencou numa queda vertiginosa, deu um grito horrendo e fez uma aterrissagem tão brutal que o deixou sem respirar por vários segundos. Uf, uf, uf!!! Fred tentou encontrar o compasso do coração, acalmar-se e retomar o fôlego. Uf, uf, uf!!! Será que tinha quebrado alguma costela? Antes mesmo de abrir os olhos, quis ter a certeza de que estava inteiro — braços, pernas, pés e cabeça: todos no lugar? Tocou em todos os seus membros. OK, parecia estar tudo ali. Até que conseguiu se acalmar e se perceber sentado no chão de terra e, finalmente, abrir os olhos e, bem... viu-se cercado de um monte de gente. No mínimo umas trinta pessoas. Meu Deus!

Não era uma gente qualquer. Era um monte de gente preta pretinha de verdade, crianças e velhos, homens e mulheres, todos com olhos brancos arregalados em sua direção, como se ele fosse um extraterrestre ou um daqueles portugueses que apareceram para os índios na época da colonização. Olhavam todos tão estatelados para ele que nem piscavam. Será que estavam com medo dele, igual ao menino da lata? Aliás, Fred logo viu o menino da lata no meio deles. Embora já não estivesse mais com a lata, reconheceu pelo seu *short* vermelho. Achou que, naquela situação, era melhor se apresentar:

— Oi, pessoal. Eu sou o Fred. Frederico. Meu apelido é Fred.

O silêncio pairou, ainda.

— Eu sou o neto do Seu Sérvulo, que mora aqui perto, quer dizer, não tão perto, mas aqui na região. Vocês conhecem ele?

Houve um rebuliço geral, mas ninguém respondeu. Naquele momento, um homem mais velho, mas ainda de cabelos pretos, respondeu com uma voz bem firme:

— Nóis sabe muito bem quem é o Seu Sérvo. Agora, queremo é sabê o que ocê tá fazendo aqui, minino?

— Eu fiquei curioso.

— Curioso de quê? Que aqui num tem curiosidade ninhuma-ninhuma!

Domingos avançou por entre os seus. Tinha o rosto marcado pela vida, mas o corpo altivo. Chamava a atenção essa sua dualidade. Andava amparado por um bastão, mas era vivaz.

— Eu vi o menino da lata caminhando pela estrada e ele tem a minha idade. Um menino carregando uma lata de água na cabeça, vindo nessa direção. Fiquei curioso de saber onde ele morava.

— Pra quê, ué?

— Pra gente brincar juntos. Jogar bola.

Os negros todos ficaram em silêncio e Fred continuou:

— É que meus pais me mandaram para passar as férias aqui e não tem ninguém da minha idade pra eu brincar. Eu gosto de futebol e, daí, quando eu vi o menino passar achei que talvez pudéssemos bater uma bola.

Foi a vez de o menino da lata falar:

— Ele me seguiu, vô Domingos! Duas vezes esses dias, ele me seguiu, quando ia buscar água. Ele me botou foi medo.

— Eu não quis te assustar, mas você não me deu nem a chance de falar e saiu correndo.

Domingos defendeu o neto:

— Viriato tá certo, minino. Nós aqui num conversa com gente estranha de jeito ninhum. Num carece, não.

— Está bem, então. Eu só queria fazer amizade.

Fred sentiu que era adequado dizer que ia embora, ainda que não quisesse mesmo ir:

— Peço desculpas. Eu vou embora. Não queria assustar ninguém.

Nessa hora, uma mulher saiu de dentro de uma das casas de barro e gritou bem alto:

— Deixa o minino fazê um lanche inhantes de voltá pra casa. Ele num fez mal pra ninguém, é só neto daquele véio que gosta de caçá **arenga**.

Mulher bem forte e determinada era aquela. Tinha os cabelos presos para o alto num turbante verde com flores cor-de-rosa. Na verdade, ela se parecia muito com a Dona Luzia. Por um instante, Fred até achou que fosse ela, porque a voz era igualzinha. Apesar de saber que àquela hora Dona Luzia estaria servindo o café da manhã de seu avô.

— Neto do véio é sangue do véio. Dá no mesmo, Conceição. Deve de pensá igual ao véio e se num pensa ainda, já já vai pensá.

— Nem sempre as coisa é ansim, Domingos. Ocê bem sabe disso, porque num fez tudo o que teu pai quis que ocê fizesse, num é? Ele queria que nóis tivesse dez fio e nóis só fez cinco, num foi, não? Inda bem que nóis tem é mutcho neto!

— Arre, muié.

— Óia bem, que o que vai vem, Domingos. Me escuta, que tu te sai mió.

Todos riram e Fred percebeu que aquela só podia ser a esposa de Domingos.

— Pois **assunta** bem, minino. É um lanche e só. Depois vamo acabá com essa paiaçada e ocê volta pra tua banda. Vai brincá nas TV que naquilo ocê deve de sê bão.

Fred pensou em agradecer a oferta e voltar para casa, afinal, tinha ido preparado para passar o dia fora do sítio do vô, com comida e água o bastante, mas achou que o tempo do lanche seria a oportunidade de, ao menos, saber um pouco mais daquele pessoal e, quem sabe, eles veriam que não haveria mal algum em deixá-lo brincar com Viriato. Um pouco que fosse.

Levantou-se, bateu a poeira e agradeceu de bom grado a oferta de Dona Conceição.

As casas ali eram todas de **embarreio**. A maioria tinha cobertura de palhas de **indaiá** bem trançadas e boa parte delas estava meio caindo aos pedaços. Elas iam entortando para um lado ou para o outro e pedaços do barro seco iam caindo, revelando a estrutura de madeira e cipó por baixo. Apenas uma delas estava novinha, parecia estar até ainda molhada porque o barro estava bem vermelho. De alvenaria mesmo, tinha apenas uma estrutura ao centro da comunidade, sem paredes, mas com uma pequena cruz ao alto. Conceição disse, orgulhosa:

— É aqui qui nóis faz as reunião da igreja e as festa.

Então, Conceição parou na porta de uma casa minúscula e gritou bem alto:

— Sô Carlo!

Fred foi se acostumando a olhar dentro da escuridão da casa que tinha a janela fechada e não tinha luz elétrica, só um **candeeiro** de azeite de baga. Viu que tinha apenas a sala e dois quartos, separados por uma cortina de chita. Não viu ninguém lá dentro. "Onde será que ficava o banheiro e a cozinha?" — pensou.

Conceição gritou mais alto ainda:

— Sô Carlo!!!

E justificou:

— Ele num ouve direito, coitado.

Finalmente, apareceu um senhor na porta, com cara de que estivera dormindo:

— Sô Carlos, o sinhô tem aí um litro de beiju de coco pro minino aqui? Que lá em casa cabô tudo com aquela criançada danada.

O rosto do senhor se iluminou, como se tivesse ficado contente por ser lembrado:

— Sô Carlo num tem mais minino, então, na casa dele sempre sobra alguma coisa — explicou Conceição.

E foi passo a passo, lentamente, até o fim de um dos cômodos. Não tinha geladeira, Fred notou. Claro, se não tinha energia, não tinha geladeira. Como é que eles conservavam as coisas? O senhor pegou uma lata grande de metal igualzinha à que Viriato pegava água, mas esta tinha uma tampa para manter os beijus crocantes. Então, calmamente encheu uma lata de óleo vazia, que ele usava para medir a farinha de mandioca e os beijus, com os quitutes. Com toda a calma, entregou para Conceição. A lata não parecia muito limpa, mas os beijus pareciam apetitosos.

— Deus lhe pague, Sô Carlo!

Conceição se voltou para Fred:

— Vem, minino!

Atravessaram o terreiro até a casa dela, que era a maior da comunidade. Quando adentraram a casa de Conceição, o menino pareceu estar tendo uma visão. Havia várias mulheres reunidas em torno de uma mesa de madeira iluminada por candeeiros e recoberta de rendas brancas, fitas e flores coloridas, até coroas brilhantes. Era lindo e impensável naquele lugar tão rústico! O que seria aquilo? Conceição percebeu e riu:

— Eita, minino, ocê nunca viu não, é?

Fred riu e confessou que não.

— É pro carnaval?

As mulheres riram muito, gargalharam, na verdade. Uma quase caiu do tamborete de tanto rir:

— É pra Festa de São Binidito, minino!

Fred não sabia do que se tratava, então, respondeu apenas:

— Ah, legal...

— É um santo nosso, minino. Nas antiga, ele foi cozinheiro num lugar dos padre e dava comida pros pobres e, despois, proibiram ele de fazê, só que ele continuou. Daí quando pegarum ele com uma cesta na mão, abriram pra ver e a comida tinha se transformado tudo em flor. Daí, num tinha como prendê ele, né?

Conceição explicou e mandou ele sentar um pouco e voltou pro terreiro.

— Vou mandá a mininada buscá um suco pra ocê.

Fred sentou-se no banquinho e ficou observando as mulheres, que pareciam estar falando entre si com os olhos. Todo mundo parecia curioso sobre ele. As cabecinhas das crianças foram surgindo na esquadria da porta para espiar o menino branco. Fred se deu conta de que era a primeira vez na vida em que ele era o único nessa situação de ser o exótico da turma. Em geral, era o inverso. Na classe dele, aliás, em toda a sua escola, tinha apenas o Aldo, que não era branco como os outros. Dava curiosidade mesmo, de saber como era ser diferente. Assim, aceitou bem a curiosidade.

— Vocês querem ver minha bússola?

Um menino mais curioso logo se aproximou e Fred deixou que ele mexesse no seu equipamento. Seu nome era Teodoricó, tinha apenas 11 anos e era muito esperto. Logo aprendeu a mexer na bússola e um monte de meninos o cercaram, explorando aquela novidade e dando muita risada. As pessoas ali riam bastante, percebeu.

Em algum momento, Fred se deu conta de que havia meninos ali o bastante para eles baterem uma boa pelada. Será que se Conceição os visse assim ela deixaria? Fred era teimoso como o pai, isso é certo, mas quem não arrisca não petisca, então...

Logo apareceu uma bacia enorme repleta de mangas. O suco viria das frutas, e não de uma caixinha. Se bem que, claro, todo suco de garrafa um dia veio de uma fruta, ao menos em parte. Fred ia descobrindo como as coisas funcionavam ali. Como não tinha liquidificador, porque não tinha energia elétrica, a bacia foi cercada por algumas mulheres que foram descascando as mangas e cortando-as em pedaços. Então, espremeram os caroços com as mãos dentro de um jarro, que em seguida eram disputados pelas crianças para chupar. Dentro de instantes, Conceição tinha um jarro de suco amarelo-ouro em mãos e um monte de crianças com bocas da mesma cor no seu entorno:

— Sai pra lá, mininada, que o suco é pro minino branco também.

A matriarca pegou um copo de alumínio e despejou aquele que foi o suco mais maravilhoso que Fred já tinha saboreado na vida. Na verdade, nem sabia que gostava de suco de manga. Nem conseguiu lembrar-se de algum dia ter tomado o sumo dessa fruta (as mangas sempre foram um desafio por causa dos fiapos que ficavam presos no seu aparelho), mas o sabor daquilo que se apresentou como suco de manga foi uma delícia inesperada. Bebeu o copo todo e Conceição perguntou:

— Qué mais?

Fred disse que sim e todos riram.

— Eita que o minino branco gostou do tempero de Conceição!

Ela serviu outro copo e se voltou para os beijus, que iam desaparecer em questão de segundos se não tomasse as providências:

— Sai já pra lá que ocês encheram o bucho de beiju de manhã, inté num podê mais.

Conceição explicou para Fred que toda semana elas fazem beiju na farinheira e que ontem tinha sido o dia.

— Deixa pro minino branco, ai, ai!

Ele era o "minino branco". Fred achou engraçado esse jeito de pensarem nele. Era como se tudo o que ele era tivesse sido reduzido àquilo: ser branco. O fato de que ele era também de Vitória, era da bola, era filho de seus pais, que tinham se separado, que ele andava meio triste por isso e tinha até ido mal na escola por isso pouco importava. Ali, ele era o minino branco. Fred aproveitou o clima de festa e resolveu arriscar:

— Dona Conceição, não rola uma peladinha com as crianças? Rapidinho. Depois eu vou embora.

Os meninos todos ficaram animados e em menos de 2 minutos uma bola engraçada de borracha crua pululava pela casa, deixando Conceição brava e a mulherada em polvorosa com medo de eles derrubarem suas coroas de flores.

— Sai pra fora, mininada!

O tumulto foi tanto que Conceição mandou todo mundo sair para o terreiro e Fred foi no meio da bagunça. O varal logo foi despido das roupas para virar gol e a bola começou a rolar. Viriato viu quando o menino branco saiu da casa junto a seus primos e se preocupou. Foi até a casa de Conceição para ver o que tinha acontecido. Foi então que se deram conta. Em dois tempos, o menino branco já estava marcando um gol!

— Eita, daneira! Mió eu falá com Domingo. Ele num vai gostá nadinha...

Conceição correu até a roça para contar para Domingos do ocorrido. Este, quando viu a mulher toda esbaforida correndo por entre os pés de mandioca, soube logo que o menino branco tinha dado algum problema:

— Que foi, muié? Deu pobrema, num foi? Num disse que era pra mandá aquela disgraça de volta pra casa logo?!

— Num é, Domingo. No tempo que eu fui servi o beiju, os minino viero curioso lá em casa e, quando vi, tava tudo querendo jogá bola mais o minino branco. Daí começaro a fazê zoeira lá em casa e eu mandei eles pra fora.

— Ôxi, muié! Num falei que era só um lanche? Cádê Viriato?

— O Viriato num quis brincá de nada. Tu num sabe que ele só qué sabê do Ticumbi?

— Pois manda o Viriato ficá de zóio no minino que eu já chego lá.

— Ele num vai querê se misturá com os mais novo não, Domingo...

— Ué? Por acaso eu tô perguntando? Eu tô é mandando!

— Arre, hómi. Ocê num sabe que ele tá se preparando? Se ele ficá com os mais novo, vai atrapaiá a preparação dele?

— Quem decide isso sou eu. Ele é meu sobrinho-neto, tá vivendo comigo agora, então, faz o que eu tô mandando, num é não?

— Vixe! Tu é cabeça dura que só.

— Num foi ocê que veio com papo de minino branco. Eu disse que os branco só traz atrapaiação pra nóis. Agora, guenta. Tenho essa roça pra labutá, depois chego lá. Só **estorvo** esse minino branco. Eu disse, num disse?!

Conceição voltou correndo para casa, enquanto Domingos continuou resmungando por entre os pés de mandioca. Viriato estava na sala ensaiando com seu pandeiro, totalmente compenetrado. Desde que recebeu a notícia que poderia integrar o Ticumbi, não pensava em outra coisa. Não é qualquer um que recebe o convite; tem que ser invocado para esse lado.

Tinha duas outras coisinhas nas quais ele pensava bastante também. Mas, agora que as aulas tinham acabado e o Baile de Congo estava chegando, seu foco estava em acertar o ritmo do pandeiro para não fazer feio no dia. Era fato que todo mundo ia ficar de olho no novato e, em particular, tinha um par de olhos gateados que ele queria muito impressionar.

— Viriato, Viriato! Teu vô mandô ocê ficá junto do minino branco. Ficá de zóio nele. Ele já já chega da roça.

— Puxa, vó. O que é que tem que ver eu ficar de olho no menino? Vô não tinha dito que não era pra jogar? O menino não tinha dito que ia embora? É só mandar ele embora. Espanta o bicho embora, vai!

— Pode inté sê, Viriato. Mas ocê conhece teu vô. Qué tê certeza do ordenamento. Disse três vez que mandô, tá mandado. Agora, vai lá e óia o minino branco.

Viriato mal pôde acreditar naquilo. Faltando poucos dias

para a festa, ele ia ter que interromper o ensaio de pandeiro para ficar de babá do menino branco. Era muita zica esse menino ter aparecido ali.

— Ô, vó, e esse "olhar" é o quê? Ficar olhando? De longe? De perto?

— É fica oiando, Viriato! Vê se ele tá só jogando bola mesmo ou se tá de **futrica**. Sei lá.

Teu vô já chega.

— Que saco...

Viriato saiu de casa contrariado e sentou no tronco de árvore ao lado do campinho onde os meninos jogavam bola. Na verdade, deixou o corpo cair em cima do tronco, misto de raiva e desânimo. Assim que o viu, Fred se aproximou todo animado:

— Ei! Vem jogar com a gente!

— Eu não jogo mais bola. Não sou moleque.

— Moleque? E desde quando jogar bola é coisa só de moleque? Todo mundo joga bola!

— Eu não jogo. Vou fazer 15 anos semana que vem.

— Sério? Eu fiz 15 anos mês passado e não passou a vontade de jogar bola.

— Cê encarnou em mim, não é, menino branco?

— Não encarnei em você... eu só gostei de você.

— E por quê, hein?

— Sei lá. Você é da minha idade. E você parece ser um cara legal.

— Cara legal, eu?

— Você não é legal?

— Pra você que acha que legal é encontrar alguém pra jogar bola com você, não sou não. Sou legal de outros jeitos e para outras pessoas. É bem a cara de vocês ficar separando o que é legal do que não é legal. De toda forma, detesto o termo "legal", porque as leis só nos colocaram pra trás no Brasil. Gosto mais do que é ilegal.

Fred ficou pasmo por um instante, bem surpreso com aquele comentário de Viriato.

Caramba! Por um instante parecia que ele estava na aula de História.

— Posso te perguntar uma coisa?

— Por que perguntar isso? Você vai perguntar de todo jeito...

— Por que você é o único que fala direito aqui? Sem ofensa, mas você sabe que seus parentes falam meio engraçado...

— Engraçado? Eu não acho engraçado não, sabe. Acho que eles falam do jeito deles. Eu é que falo engraçado, diferente deles, porque eu vou para escola na vila.

— Você vai para a escola?

— Claro! Ou você achou que eu era um bicho do mato? Saci ou caipora?

A imagem do saci, que veio à sua mente quando vô Sérvulo disse que o menino no meio da plantação devia ser um saci, relampejou na sua mente.

— Sei lá. Você parece tão à vontade aqui. Não me passou pela cabeça que ia à escola...

— Eu fico à vontade aqui. Mas eu também vou pra escola. Não há contradição nisso. Eu vou pra escola. Aprendo a falar do jeito de vocês. A falar do jeito "certo", como você diz.

— Você quer fazer faculdade e tal?

— Claro.

— Sério?

Viriato acabou dando risada, porque Fred parecia totalmente perplexo e dava para ver que não era na maldade. Ele realmente não conseguia encaixar as peças daquele quebra-cabeça. Não conseguia imaginar alguém dali da comunidade em uma faculdade.

— Cara, deixa eu te falar uma coisa. Eu vou ser advogado, entendeu?

— Sério? Meu pai quer que eu seja advogado também.

— Taí, agora temos algo em comum.

— Só que eu acho o maior porre. Quero estudar arte e *design* pra fazer mangás.

— Eu acho bom ser advogado. Quero defender minha comunidade.

— Essa comunidade?

— Sim, minha família. Mas não só essa família aqui. Quero ajudar todos os parentes que vivem imprensados pelos eucaliptos.

— Tem outros que nem vocês?

— Claro. Só aqui neste território tem umas trinta comunidades. Em todo o Brasil, há milhares.

Fred realmente tentava visualizar, mas era difícil. Então ali tinha um grupo de pessoas negras que vivia como se fosse cem anos atrás, tipo século XIX e tal? E ainda tinha mais gente que vivia assim no Brasil?

— Cara, desculpa eu te perguntar, mas quem exatamente vocês são?

— Quilombolas.

— O que é quilombola?

— Quilombola, menino. Somos comunidades de negros, descendentes de africanos que foram escravizados. Algumas surgiram quando os cativos conseguiam fugir das senzalas e se agrupar no mato, ao longo dos quase quatrocentos anos de escravidão. O tráfico clandestino continuou mesmo depois. Os navios entravam na boca da Barra e iam até o Porto de São Mateus. Esses quilombos eram os mais perseguidos. Outros ganharam direitos dos donos das terras, antes mesmo da abolição. Várias comunidades se formaram depois da Lei Áurea. Povo negro buscando um cantinho para tentar viver em paz.

— Ah...

— Você já ouviu falar dessas coisas, né, Fred?

— Claro. Lei Áurea, princesa Isabel e tal.

Fred tinha lido essas coisas nas aulas de História, mas tipo... na hora, parecia ser uma coisa muito antiga mesmo, do passado morto. Não imaginou que era assim, aquela coisa viva, vivaz mesmo, acontecendo de verdade.

— Princesa Isabel e tal, né? Você nem nunca ouviu falar de quilombos, nem de reinos africanos. Tô vendo na tua cara. Tá legal. Eu tô ouvindo agora. Você também não nasceu sabendo de tudo.

— Eu sei mais sobre você do que você sobre mim.

Foi uma espécie de desafio, mas que Fred levou de boa:

— Você acha mesmo?

— Acho não, tenho certeza.

— O que você sabe de mim?

— Que você é um garoto urbano cheio da grana, mimadinho, que veio aqui passar as férias na roça e está com tediozinho. Aposto que você vai até em psicóloga!

— Eu não sou rico.

— É mais rico do que eu!

— Mas isso é porque você é muito pobre.

Viriato se surpreendeu com essa fala, dita com naturalidade absoluta, e se silenciou. Fred se preocupou:

— Desculpa se isso te ofende.

— O que te faz pensar que eu sou pobre?

— Sei lá. Por causa das casas de vocês... estão meio caindo aos pedaços, não é?

— Isso é normal nessa época do ano. Nós refazemos as nossas casas depois da Festa de São Benedito.

— Vocês mesmos?

— Claro. Erguemos as varas de madeira, de preferência **juçara** ou **imbiriba**, amarramos tudo com cipó, depois o povo vai trazendo barro, jogando água e amassando com os pés. Quando está bom, saem tapando os buracos dos dois lados para formar a parede. Depois, é só batuque do tambor e alegria! Nessa época as casas ficam meio derrubadas, mas logo logo vão estar bonitas que só!

— Parece irado...

Viriato tinha se disposto a explicar como funcionava algo na sua comunidade, de uma forma que o deixou surpreso consigo mesmo. Não pretendia perder tempo com isso. Não era tão ruim explicar as coisas para o menino branco. Preferia estar ensaiando o pandeiro, mas do jeito que Fred olhava para ele, parecendo estar curioso de verdade, deixava de ser aquela coisa cem por cento desagradável. No passado, já tentara explicar algumas coisas para o pessoal da escola, mas não foi muito longe. Acabou achando que nem valia a pena gastar saliva com isso, como dizia Totonho.

— Nós não somos pobres, saiba disso.

— Desculpe, Viriato, não quis ofender.

— Não é ofensa. Temos pouco dinheiro, que é como vocês da cidade medem a riqueza e a pobreza das pessoas. Eu sei disso. Se eu for pra cidade hoje, realmente, não vou ter dinheiro para pagar o ônibus ou comprar um lanche. É fato isso.

— É o que eu quis dizer...

— Mas aqui vivemos de outro jeito. Você chegou aqui sem gastar com transporte, não foi? Comeu o lanche fresquinho da casa de vó Conceição, não foi? Fruta tirada das árvores e beiju feito da mandioca saída da terra há pouco tempo.

— Nossa, o melhor suco que já tomei na vida!

— Pois é. Trânsito livre, pela mata. Viveríamos melhor ainda se não estivéssemos imprensados por este deserto verde de eucaliptos e, principalmente, se o seu avô não tivesse cercado a terra que ele chama de "dele" e interrompido nosso acesso à água da nascente.

— Meu avô?!

Viriato olhou bem sério para Fred. Será possível que o menino fosse verde daquele jeito?

Senão, devia ser ator de novela e, bem, ele não parecia levar o menor jeito, ainda mais com aqueles óculos de fundo de garrafa e aparelho nos dentes. Aliás, que coisa horrível devia ser ter esse monte de pedaços de ferro nos dentes! Que, vale dizer, naquele instante estavam todos amarelos das fibras do suco de manga! O menino branco era irritante de tão bobo que era.

— Vai dizer que você não sabia, Fred?

— Não sabia, te juro.

— Tá vendo, você é moleque ainda. Por que não vai jogar bola com as crianças, hein? Me deixa aqui na minha.

— Meu avô nunca me disse nada. Como é que eu ia saber?

— Aposto que você também não perguntou nada. Não parou para pensar de onde vem a água que abastece o banheiro limpinho do vovô, né? Ou acha que a água dá no chuveiro? Ficou só ali de boa, não foi? Você é cúmplice, não tem jeito.

— Nossa. Você é meio revoltado, né?

— E dá pra não ser? Antes, a nossa comunidade vivia tranquila. Ninguém precisava acordar às 4 horas da manhã e caminhar 2 horas para ir pegar água e trazer na cabeça. Tinha água pertinho. As mulheres iam lá na nascente com as crianças pra tomar banho, lavavam as roupas e já traziam a água. Nunca faltava nada pra gente. Depois que o seu pessoal chegou, daí sim ficamos pobres. Pobres das coisas que importam pra nós.

— Sério mesmo que o meu avô fez isso?

— Tô te falando!

— Mas será que ele sabe que vocês usavam a água da nascente?

— Claro que sabe! Você acha que ele é burro?

— Não. É que, às vezes, a pessoa faz algo pensando no seu conforto, mas sem imaginar o que possa ter causado nos outros.

— Às vezes, né? Você acha que, às vezes, as pessoas pensam mais no próprio conforto? Eu acho que é sempre... aliás, eu tenho certeza disso.

— Pode ser...

— Menino, o seu avô convive com dois de nós dentro da casa dele todos os dias. Se ele tivesse tido alguma curiosidade ao longo dos últimos anos, já saberia o mal que nos causou. Mas acho que ele nem sabe o nome da Luzia e do Totonho ainda.

— O vô adora o Totonho.

— Adora que o Totonho leve ele pra pescar e caçar. Assim como você quer que eu jogue futebol com você.

Vocês são assim, desde cedo. Nos querem pra servir ou entreter vocês. Daí, vocês gostam de nós. O inverso, jamais...

— Nossa, você realmente pensou nisso.

— Pensei.

— Você me odeia, né?

Nessa hora, Teodorico gritou do outro lado do campo:

— Ei, Fred, vem logo! Vai ficá no papo-cabeça de Viriato pra sempre?! Ele é mó mala! Vem pro campo mais nóis!

Fred estava tão chocado com o que ouvira que nem se lembrava mais do futebol. Era muito estranho ver tanto ressentimento de alguém que você mal conhecia e que tinha achado maior legal. Pior, era estranho ser visto não por algo que você tivesse feito, mas por algo que algum familiar seu tinha feito ou até mesmo pelo que as pessoas da sua "comunidade" — se é que poderia se chamar assim o povo da cidade — tinham feito. Dava vontade de dizer: "Mas não fui eu!". Não parecia possível dissociar os atos de seu avô dos dele. Para Viriato, eles eram tudo uma coisa só. Dava uma angústia danada.

Viriato percebeu que Fred estava desconcertado e se sentiu um pouco culpado de jogar aquele peso todo no menino tão verdinho. Era culpa dele também, claro, mas ele via que o menino era perdidaço. Que não sabia mesmo da história da nascente e muito menos das empresas de eucalipto. O que ele sabia de onde vinha a água que caía da torneira era... nada. Devia achar mesmo que brotava da torneira. Geração caixinha — nem sabia que o leite vinha da vaca ou o suco das frutas... a única coisa que ele sabia de plantações de eucalipto era o papel higiênico que usava.

— O Teodorico é meu primo. Vai com ele.

— Ele é bem diferente de você.

— Ele é criança. Só tem 11 anos. Em breve ele vai entender as coisas. Agora, vá logo jogar sua bola que meu vô já chega pra te dar um corre.

Fred tinha perdido a vontade de jogar, mas Teodorico veio para junto dele e o puxou para o meio do campo. O sorriso dele era contagiante. Dava pena frustrar aquela alegria toda! Resolveu ir, então, para junto dos que o queriam por perto. Nunca tinha jogado sem chuteira, nem em chão de terra, mas beleza. O pior era o sol do meio-dia batendo nos olhos. Futsal é sempre em quadra coberta. Ele teve dificuldade de enxergar a bola, o que o obrigou a ficar fazendo sombra com as mãos apoiadas nas sobrancelhas. Teodorico reparou naquilo e brincou com ele:

— Ah, o minino branco é **gazo**! Vamo bora lá, gazo! Bora, gazo, que eles estão dando a surra em nóis!

Teodorico era completamente diferente de Viriato. Talvez, como tinha dito a psicóloga de Fred, a gente não seja apenas fruto do meio em que a gente vive, mas uma mistura das nossas vivências com algo que é só nosso. Alguns chamam esse elemento de personalidade, outros de alma, e deve ter ainda um monte de outros nomes para essa singularidade que há nas pessoas. Fred achava que a psicóloga dizia isso para convencê-lo de que ser filho de pais separados não é necessariamente ruim, como ele às vezes achava. Muitas crianças aceitavam isso de boa e eram felizes. Vai de cada um.

Fred correu atrás da bola, de um gol ao outro, com os pés no campinho de Teodorico e a mente em Viriato. Inicialmente, queria ser amigo de Viriato quando o viu cantando na floresta. Agora, via que ele era meio complicado e até, verdade seja dita, metido. Enquanto isso, Teodorico era superdivertido e adorava jogar bola. Teodorico era tudo o que ele queria, não era?

Estava ali. Por que será que agora jogar bola parecia não bastar? Não queria fazer um gol contra, mas não conseguia esquecer as coisas que Viriato tinha dito. Sem nem entender bem por que, Fred parou de correr. Com a respiração ofegante, pediu arrego e disse que ia esperar o sol baixar um pouco.

— Eita, gazo, vai amarelá, é? — perguntou Teodorico.

— Valeu, Teodorico. Mas acho que é melhor eu esperar seu vô chegar sentado ali com o Viriato. Parece que ele vem já já me dar um corre.

Teodorico riu e não se chateou. Parecia impossível chateá-lo, aliás. Chutou a poeira e saiu rodopiando de volta pro campo.

— Te espero depois, branquim.

Branquim. Teodorico falava tudo de um jeito bem diferente. Por que será que ele ainda não ia para a escola? Afinal, os primos tinham pouca diferença de idade. Sentou-se de volta ao lado de Viriato, claro.

— Ei, voltei.

— Fala, branquinho.

— Por que o Teodorico não vai pra escola?

— Teodorico ajuda o vô na roça.

— Sério?

— Sério.

— Ele não acha chato?

— Claro que não. Vô decidiu, tá decidido.

— Quem decide tudo aqui é o vô de vocês?

Foi falar em Domingos que o próprio surgiu. Seu rosto vinha enfurecido. Os dois meninos olharam assustados:

— Falando nele, lá vem.

— Ele parece bravo, Viriato.

— Parece só, não. Ele está fulo da vida. Pode ter certeza.

Os dois riram juntos pela primeira vez.

— Branquim, chega aqui ocê.

— Sim, senhor.

Fred jamais chamou seu pai ou seu avô de "senhor", mas naquele momento pareceu impossível se referir ao avô de Viriato de outra forma qualquer. Era engraçado. Domingos comandava um respeito inacreditável, com aquele tamanhão dele e o modo curioso de ele falar. O jeito era obedecer sem nem perguntar nada.

— Senta aqui, branquim.

Fred obedeceu.

— É o siguinte: ocê é um cabritim tão bobo que eu vô inté deixá ocê jogá bola com os minino de vez em quando...

— Uau! Que legal! Obrigado!

— Péraí, que eu num acabei ainda. Ocê pode jogá bola de vez em quando, só que tem condição.

— Qualquer coisa! Pode ditar!

— Di jeito ninhum ocê pode contá pro teu avô que nóis existe aqui.

— Como assim? Ele não sabe?

— Sabe e num sabe. E nóis qué que continue tudo do jeito que tá. Ocê foi um tatu curioso e veio descobri nóis aqui. Qué bincá com os minino, intão tá bão. A condição é **boca de siri** nesse negócio.

— Tá bem. Eu não me importo.

— Intão fiquemo acertado.

Domingos se levantou, ainda com cara de bravo por ter sido interrompido da labuta, e disparou de volta para a roça. Viriato aproveitou e se levantou para voltar para casa e continuar o seu ensaio, mas Fred não resistiu:

— Viriato, fica mais um pouco.

— Branquim, vai jogar bola. Meu vô já deixou. Eu tenho que ensaiar pro Ticumbi.

— Ticumbi? O que é isso?

— Caramba! Mas você não sabe de nada mesmo, não é?

— Ao que parece, não. Sei bem menos do que eu imaginava.

— Ticumbi, cara, é o que há. É um ritual lindo, uma festa. Nunca ouviu falar?

— Não.

— Vem gente de toda a região para ver a nossa festa. Até do exterior vem gente. Esse ano, pela primeira vez, vou fazer parte. A gente se apresenta na frente da igreja matriz.

— Uau! Parece... legal. Se bem que, sei lá, nunca curti muito essa coisa de igreja.

— Bem, vou nessa, cara.

Fred ficou com vontade de ir com Viriato, mas voltou para o campo, para a alegria de Teodorico. No início, as coisas que Viriato havia dito ainda ficaram martelando na cabeça dele, mas depois ele foi se envolvendo no jogo, principalmente quando seu time se recuperou e caminhava para ganhar de virada. Quando Conceição chamou para o almoço, Teodorico queria jogar mais! Era incansável aquele moleque! Mas Fred teve que explicar que ainda tinha uma caminhada até a casa do avô e que precisava ir para não dar bandeira.

— Ocê volta amanhã, branquim? Gostei de jogá com ocê.

— Com certeza, parceiro!

3

Naquela noite, Fred apagou antes do jantar. Foi tanta coisa nova, visões, sabores, informações, emoções... À noite, vô Sérvulo o encontrou adormecido ainda de roupa de rua e achou graça o menino dormir tanto assim. Devia ter se cansado muito nesse último semestre da escola. Achava bom o neto descansar. Cobriu-o com um cobertor e apagou a luz do quarto.

Fred dormiu feito uma pedra, mas teve sonhos conturbados. Quase pesadelos. Em meio às lembranças do dia, uma sensação de vertigem e queda o assombrou madrugada adentro. Uma hora ele via Viriato falar sobre algo e, de repente, se via caindo num abismo. Outra hora, via as crianças todas se aproximando da mesa para pegar um beiju e quando ele ia estender a mão para pegar um, de repente, caía em um buraco no chão. Depois, ele surgia de volta jogando bola com Teodorico.

Mesmo assim, Fred acordou animado no dia seguinte para voltar à comunidade. Vestiu-se rápido e correu para a mesa do café da manhã. Quando sentou-se à mesa e deu de cara com Luzia foi que se deu conta. Agora, ele sabia de onde ela vinha e onde ela vivia de verdade. Sabia que ela era uma quilombola e que a comunidade dela se ressentia do seu patrão por causa da cerca na nascente. Por que será que ela nunca tinha falado disso? Ela se comportou naturalmente com ele, então, provavelmente ainda não sabia que ele tinha estado na Cupuba. Ficou morrendo de vontade de contar que estivera lá, mas tinha prometido a Seu Domingos não dizer nada para seu avô e isso ele cumpriria. Mas isso não queria dizer que ele não podia contar para a Luzia, não é?

— Eu ontem fui à sua comunidade.

— Do que que ocê tá falando, minino?

Que engraçado, ela fala igualzinho à Dona Conceição! Será que ela sempre falou assim e ele nunca reparou? Talvez Viriato estivesse certo de que a família do patrão nunca conversa direito com seus empregados. Só aquele diálogo superficial — um "bom dia" ou um "tudo bem?" — que, se ficasse sem resposta, não fazia diferença. Eles se surpreenderiam se ela algum dia dissesse que não estava bem (ainda mais porque isso significaria ter que ficar sem ajuda com a casa). Senão, era o tradicional: "Você pode trazer o café?", "Por favor, o mel já está na mesa?". Ordens travestidas de perguntas, em geral. Mesmo os elogios, "Hmmm, melhor café do mundo" pareciam ensaiados e repetitivos. "Hmmm, essa tapioca está uma delícia".

— Luzia, eu fui à sua comunidade. Conheci o Seu Domingos, a Dona Conceição, o Viriato e o Teodorico.

— Ôxi! De onde ocê tirô isso?

Luzia parecia entretida, não brava. Foi a primeira vez

que seu sorriso de lua minguante ficou crescente. Ficou querendo saber de tudo. Fred foi contando.

— Eu fui andando pela plantação atrás do menino que vi carregando uma lata de água na cabeça e cheguei lá!

— Eita, minino curioso, danado! Como é que ocê chegô inté lá naquela lonjura? Teu vô te mata se sabe disso.

— Ele não vai saber.

— Como que não?

— Eu prometi pro Seu Domingos que não ia contar nada pro vô.

— E ocê vai ficá indo lá?

— Vou.

— Pra quê? Ôxi!

— Pra jogar bola com os meninos.

— Ôxi, minino. Teu vô num vai gostá nadinha disso.

— Ele não vai saber, Luzia. Se você não contar, eu não vou!

Os olhos de Luzia cresceram e ela, inacreditavelmente, soltou uma grande gargalhada. Lua cheia e brilhante. Como se aquela descoberta e aquele segredinho fossem um grande presente que ela havia recebido.

— Óia, eu vou contá pro Totonho. Tá bão, minino?

— Tá bem. Mas pede pra ele não contar nada pro vô.

— Ele num vai dedurá não, podexá.

— Dona Luzia, a senhora parece um tanto com a Dona Conceição.

— Claro, ôxi, ela é minha irmã!

— Ah, jura? Que legal! Na verdade, você se parece um tanto com várias pessoas lá.

— Huuum! Nóis é tudo família lá. Quinze irmã e irmão, tudo fio de véio Acendino, mais os nosso fio e os neto. Tem inté bisneto já.

— Sério?

— Então, o Seu Domingos é seu cunhado?

— Intão!

— E o Totonho é seu parente?

— É meu primo.

— O vô nunca disse.

— Claro que não. Ele num sabe!

— Como que ele não sabe?

— Óia, ele nunca preguntô, intão nóis nunca disse nada.

— Ele deve ter reparado que vocês são parecidos, apesar de que você parece mais com a Dona Conceição.

— Óia, minino, acho que o seu vô pensa que nóis somos tudo igual.

— Como vocês preferem que eu fale: pretos ou negros?

— Pretos, ué. Num é o que nóis é?

— Eu sei. É que o Viriato fala que vocês são negros.

— O Viriato é um minino danado. Desde pequeninim ele era inteligente que só. Nóis ensinava uma coisa pra ele e 2 minuto despois ele já sabia mais que nóis. Ia redobrando os aprendizado. Daí, como ele num tem pai, um dia veio uma assistente social da prefeitura visitá nóis e contemo pra ela. Ela conversô com ele e pediu pra colocá ele na escola.

— Ele não tem pai?

— De tê tem, né? Mas é fio do ovo azul, como nóis brinca. Rareado.

— Existe ovo azul?

— Claro!

— Eu nunca vi.

— Qué vê? Eu trago pra ocê vê. Mas, nesse sentido, é pra dizê que o pai dele virô coisa rara. Sumiu pro mato e nunca voltô, entende?

— Nossa. Ele morreu?

— Num se sabe se morreu ou se encantô ou se foi morto. Essa mata é cheia de mistério. Sei que a mãe dele num guentou e foi junto. Tinha adoração por ele.

— Que triste. Isso ajuda a entender o jeito dele um pouco.

— É. Aquele ali ficô desinquieto demais. Daí, nóis achô que essa inteligência dele tinha que tê pra onde escoá. E seguimo o que a assistente social disse: coloquemo ele na escola.

— Dificuldade danada, que o menino anda uma lonjura pra chegá lá.

— Você quer dizer que ele é o único na escola?

— É. A escola é longe demais. Num é qualqué um que guenta. Viriato anda umas 2 horas pelos eucaliptu pra ir e mais 2 horas para vortá, todo dia.

— O quê?! Você só pode estar brincando!

— Tô não, fio. Aquele ali tem garra.

— Nossa! Isso me fez sentir péssimo.

— Ôxi, por quê?

— Porque eu vivo reclamando com meus pais que tenho que pegar o ônibus pra chegar na escola...

Luzia deu uma gargalhada ainda mais gostosa.

— Nosso Viriato é especial. Esse ano, inda mais, tá é feliz que vai fazê parte do Ticumbi.

— Primeiro neto de Nagô que vai sê iniciado no Baile de Congo.

— Ele nem quis jogar bola comigo por causa desse tal de Ticumbi.

— Leva a mal, não. É que Viriato tá ficando hómi inhantes do tempo.

— Como você sabe?

— Diz que minino quando se esconde pra mijá é que já qué sê hómi, né?

— É só isso?

— Só isso não. Tem que sabê o que é um serviço, pra num virá um pagode!

— Ele já trabalha?

— Trabaia, ué. É ele que pega água pra nóis.

— Nossa! Eu nunca trabalhei nem um dia! Bem que ele achou que eu era verde.

— Óia, Viriato já tá até de zôio numa minina bonita danada que mora do outro lado dos eucaliptu. Já já ele tá casado com ela.

— Menina?

— Intão.

— Quilombola, também?

— Claro. Nóis casa entre nóis mesmo. Ela é fia de uns primo que ficaro pro lado de lá do Rio Cricaré. Novinha que nem ele, mas arisca que só.

— Qual é o nome dela?

— Carolina. Nome de uma frô perigosa que só, mas bonita ela é.

Fred ficou surpreso com isso. As meninas sempre tinham sido um mistério absoluto para ele. Sentia um misto de medo e curiosidade em relação a elas. Tá, às vezes era mais nojo e vontade que elas nem existissem, porque a vida era mais tranquila só com os amigos. Dava para ficar falando dos assuntos que ele gostava, tipo bola e mangás. Daí, quando elas apareciam, parece que tudo mudava. Entre os amigos, tinha uns que ficavam exibidos na frente delas. Esse ano, seu melhor amigo na escola, o Tutty, tinha beijado uma menina pela primeira vez. Fred quase passou mal quando soube.

— Bom, Luzia, eu estou indo pra lá de novo. Se o vô perguntar, diz que eu fui fazer umas experiências lá no mato. Coisa pra escola.

— E ele vai creditá? Uhum!

— Vai, sim. Ele está todo entretido com o novo equipamento de pesca. Intão vorta cedim, hein?

— Tá bem. Antes do jantar, eu volto.

Caminhando pela plantação, Fred foi pensando se deveria puxar papo com Viriato ou só jogar bola com Teodorico e os outros. Lembrou-se de algo que sua mãe disse ao telefone para uma amiga, logo após o divórcio: "Vou gostar de quem gosta de mim!". Na hora, ele não concordou com aquilo, porque achava que ela tinha que ficar com o pai de qualquer forma. Agora, reconsiderando, viu que na real não deu ouvidos a ela. Estava atravessado pelo que ele queria — que os pais ficassem juntos. Agora aquela frase da mãe fez sentido. De que adiantava querer ser amigo de alguém que se achava mais velho e só pensava no tal de Ticumbi e, pior, em uma menina? Teodorico gostava dele e, bem, Fred ia ser feliz e pronto.

Quando chegou lá, a comunidade estava de pernas para o ar! Tinham virado um caminhão de mandioca no meio do terreiro e todo mundo estava descascando as raízes — as crianças inclusive — manuseando facas e uns facões enormes. Uma mulherada animada ia e vinha com enormes **jacás** de cipó carregados daqueles miolos descascados que eram, então, ralados dentro da **casa de farinha**. Os homens se alternavam no trabalho de girar a roda que movimentava o ralador. E ralar exigia muita atenção porque os dentes do **catitu**, como chamavam as muitas pequenas serras metálicas encravadas no cilindro de madeira, eram vorazes. De longe, só se ouviam os risos das mulheres intercalados às batidas nos pilões, uns com amendoim para os beijus e outros com **dendê** cozido para tirar azeite. Teodorico viu Fred a distância e veio correndo até ele, com a animação usual:

— Ei, gazo, bora fazê **capote** mais nóis!

— Capote?!

Trata-se de um método para que as raízes fiquem bem limpas, alvas mesmo. Cada qual rapava a mandioca até a metade e passava para outra pessoa que cuidava de segurar a metade limpa para terminar de rapar o restante ainda com casca coberta por um pouco de terra. Fred estava encantado com a movimentação toda, mas ajudar era outra coisa! Olhou bem para a cena sem conseguir se imaginar naquelas tarefas domésticas. Era algo que ele jamais tinha feito. Sabia colocar a pipoca de saquinho no micro-ondas, mas era tipo isso. Na real, achava chato fazer essas coisas de casa. E o futebol? Por que será que Teodorico convidou se sabia que hoje não ia rolar nada?

— Eita, Teodorico. Não vai ter bola hoje? Acho que não dou muito jeito pra essas coisas...

— Nã. Hoje nóis vai ajudá aqui na casa de farinha.

— De onde veio tudo isso? Ontem não tinha nada. Trabalharam na roça de noite, foi?

— Nã. Totonho que mandô entregá.

— Totonho? Que trabalha na casa do meu vô?

— Claro, ué. Quem mais pra tê o dindim por aqui?

Teodorico era muito espontâneo. Não tinha verdade que não pudesse ser dita ou algo triste que não pudesse ser dito com um sorriso.

— Quer dizer que o Totonho compra a mandioca fora e manda entregar?

— É. Nossas roça num dá mais quase nada, não. Nóis é em muito e despois que plantaro esses palitins aí a terra secô foi demais. Vô Domingos que insiste em plantá umas mandioca e aminduim.

— Palitins?

— Os acalipe.

— Ah, você quer dizer eucaliptos?

— Isso aí mesmo! Nunca consigo dizê direito esses nome de estrangeiro.

— É, é um trava-língua mesmo...

— Pois intão. Daí, Totonho foi trabaiá pro véio pra podê comprá mandioca pra nóis.

— Pra nóis fazê a farinha e vendê na feira de domingo na vila.

— Sério?

— Séri-seríssimi, ué!

— E o dinheiro da farinha fica pro Totonho?

— Como ansim?

— Tipo, é um negócio do Totonho?

Uma voz sombria surgiu por detrás de Fred, fazendo a crítica.

— Negócio. Negócio...

Viriato estava ouvindo o papo entre Fred e Teodorico:

— Aqui não tem negócio não, branquinho. Aqui ninguém ganha com o trabalho de ninguém. O dinheiro da farinha vai pra comunidade comprar o que faltou de peixe e o querosene pra acender os candeeiros quando acaba o **azeite de baga** feito aqui.

— Viriato? Não te vi aí. Que susto!

— Você não vê nada mesmo...

— Credo.

— Menino branquinho tá assustado, é?

— Bom, você apareceu meio do nada. Mas por que vocês não pescam? O Totonho pesca bem pra caramba!

— Eu não disse que a gente não pesca. Somos todos pescadores, porque sempre foi o que garantiu dinheiro de fora. Só que o nosso rio não é mais tão abundante. Em algumas épocas do ano, conseguimos pescar pra comer e vender o que sobra, mas em outras não dá mais. Esse foi o motivo principal de Totonho e Luzia terem ido trabalhar com o seu avô.

— Como assim?

— Assim, branquinho. Quando vocês tornam impossível vivermos da natureza, como sempre fizemos, torna-se necessário vender nosso tempo para vocês em troca de dinheiro para podermos comprar na cidade o que não conseguíamos mais tirar da natureza. Isso, sim, foi um bom negócio que vocês fizeram: eu roubo sua terra e sua água, daí, você vem trabalhar pra mim pra conseguir dinheiro pra comprar na cidade o que tirava da natureza antes. Bobeou, nas lojas de vocês mesmos! Novas formas de trabalho escravo, sacou? Igualzinho era no barracão dos engenhos de cana!

— Antes vocês tiravam tudo da natureza?

— Quase tudo. Durante muito tempo.

— Mas isso deve fazer muito tempo mesmo!

— Nem tanto assim. Nossa família está aqui há mais de um século antes do seu avô e a turminha de ladrões dele chegar dizendo que a terra era deles. Vivíamos tranquilos até os anos 1970.

— Nossa, Viriato! Meu avô não é ladrão.

— É, sim.

— Então, por que vocês não foram no juiz e reclamaram?

— Porque o juiz de vocês só entende as leis de papel. E nós não tínhamos papéis.

— Tínhamos apenas a palavra de outro homem branco que viveu aqui antes, o antigo "dono das terras", que as roubou dos indígenas que viviam aqui há séculos. O tal barão de Timbuí, que veio construir o telégrafo por essas bandas. Ele nos prometeu as terras. Só que ele morreu. Não deixou testemunho de papel.

— Deve fazer muito tempo. Eu nem sei o que é telégrafo.

— Tipo telefone, só que de antigamente.

— Ele não teve filhos?

— Teve filhos com as negras cativas dele. Filhos bastardos, que diluíram o preto das nossas peles. Por isso mesmo que ele deixou as terras pra nós. Eu mesmo, sabe-se lá, posso ser tataraneto dele. Entendeu, branquinho?

— Dá pra parar de me chamar de branquinho? Tá me irritando um pouco.

— Eita, mas vocês gostam tanto de chamar a gente de nego e de negão, não é?

— Olha, Viriato, é assim: meu avô pode ter muitos defeitos, mas ele não é ladrão. Ele trabalhou a vida toda num banco, sendo que ele detestava, porque o sonho dele era vir morar no campo. Eu ouvi ele dizendo muitas vezes que juntou dinheiro a vida toda e que gastou todas as economias dele pra comprar essa terra.

— Eu acredito que ele pagou pelas terras, branquinho. Pagou pra outro branco que se fingiu de dono das terras. Um grileiro qualquer.

— O que é um grileiro?

— Você não sabe de nada mesmo, né? Faz assim, em vez de te chamar de branquinho o tempo todo, vou te chamar de verdinho!

— Caramba, Viriato. Pega leve, cara. Tô aqui te ouvindo e tentando entender!

— Tá bem. Grilagem é uma técnica. Você redige um contrato de compra e venda de terras e coloca dentro de uma gaveta com alguns grilos. Deixa uns dias. Quando você abre, o contrato parece antigo. Antigo o bastante pra parecer verdadeiro. O grileiro então vai no cartório, mostra o documento falso e registra as terras no nome dele. Depois, sai vendendo lotes pros babacas da cidade.

— Credo, que história...

— É. Coisa que você não aprende na escola, né? Se você somasse todos os terrenos grilados registrados em cartórios daria umas cinco vezes o tamanho do Brasil.

— Zoado.

— Zoado mesmo.

— Acho que meu vô não sabe disso, cara.

— Sabe.

— Como você pode ter tanta certeza?

— Porque nós tentamos conversar com ele. Nem tentamos reaver as terras. Queríamos só o acesso à nossa nascente.

— Ele disse o quê?

— Disse que a nascente era dele, que ele tinha pago muito mais por ser um terreno com água e que ele não ia deixar a fonte dele virar tanque de vagabundo.

— Ele falou assim?

— Falou. Eu estava com o meu pai naquele dia. Ele era vivo ainda. Eu era pequeno, mas vi com meus próprios olhos. A partir daí foi que nosso trajeto até a água potável passou a ser essa lonjura. Tem que dar muita volta agora.

— O que seu pai respondeu pro vô?

— Ele explicou que nós vivíamos ali há mais de um século. Que os avós deles não eram escravizados fugidos. Que eram empregados domésticos do barão, que ficaram até o fim da escravidão. Que o patrão e eles se entendiam, tanto que quando ele morreu deixou essa parte da fazenda para a nossa família.

— E o vô?

— O teu vô não quis nem saber.

Viriato olhava para o horizonte e Fred pôde ver todos os seus músculos do rosto tensionados. Os olhos em brasa, avermelhados. Parecia fera ferida. Foi aquela experiência que o fez tão maduro ainda cedo, deu para perceber.

— Antes de irmos embora, teu avô ainda perguntou se tínhamos uma **mucama** pra trabalhar na cozinha dele. Naquela época, ainda não precisávamos disso, mas depois foi ficando difícil...

E daí Luzia foi trabalhar lá...

— Isso.

As informações iam se encaixando, como peças de um quebra-cabeça. Nesta hora, Fred pôde compreender o sorriso reticente da cozinheira de seu avô e entender por que ela nem ficava tão feliz quando elogiavam a comida dela. O tempo todo ela devia pensar que estava servindo àquele que tomou suas terras e sua água. Por que será que seu avô tinha sido tão insensível? Para que fingir amizade com Totonho? Que papel de bobo que ele fazia para tapar sua solidão no campo! Fred teve pena dos dois lados, dos quilombolas e do seu avô.

Até que a risada de Teodorico ressurgiu:

— E aí, pessoal? Cabô o papo-cabeça aí? Vamo que vamo? Muita mandioca pra rapá!

Viriato respondeu por ambos:

— Já acabou, sim, Teodorico. Leva o branquinho pra ajudar na farinhada.

— É agora! Nóis já descascô um montão e Laudemira disse que vai fazê beiju moiado na paia de banana pra nóis, mas só se nóis levá os jacá inté lá.

— Quem é a Laudemira?

— Melhor beijuzeira da Cupuba!

— Onde fica isso?

— Fica aqui, branquim! É o nome da nossa comunidade. Por conta daquela árvore grandona de onde ocê caiu!

— Vamos, sim, Teodorico.

Fred foi com Teodorico, mas se sentindo pesado por dentro. Apesar do tanto que Viriato o deixava perplexo, era impossível ficar triste ao lado de Teodorico, tal a quantidade de marotice que ele espalhava pelo mundo. Chegou na roda apresentando o branquim pra todo mundo, num tom que lhe parecia tão menos agressivo do que o branquinho de Viriato, e logo colocou uma faca na mão dele, que ele não sabia como manusear e, claro, isso fez todos rirem. Teodorico fez questão de ensinar e era jeitoso com as mãos pequenas — descascava uma mandioca gigante em instantes.

Aos poucos, assim como no dia do

futebol, Fred foi entrando na onda, rindo dos próprios erros e comendo o beiju que ia saindo e, logo, se sentiu bem ali no meio da festa. De fato, era isso o que a atividade na casa de farinha parecia: uma grande festa. Não era uma mera tarefa doméstica, mas como se fosse uma vivência doméstica. As batidas do pilão eram tão rítmicas que pareciam música de roda, o que levava as moças mais jovens a pegar na ponta da saia e a começar a dançar e cantar para animar a labuta. Um homem aparentemente cego começou a entoar um canto com sua voz firme. As mulheres todas ecoavam uma resposta, que era a segunda parte do verso:

Na casa de farinha tô fazendo farinhada
Depois faço beiju pra comer com peixe assado

Fred não sabia cantar, mas a música foi mexendo com algo dentro dele. Na verdade, era tudo tão alegre ali que foi cutucando-o em algum lugar. Aquelas pessoas, ali, eram mais felizes do que as pessoas na casa e na família dele. Naquele momento, ele sabia, a sua casa em Vitória estava vazia. Seu pai estava no Rio com a nova namorada que não duraria muito tempo e sua mãe estava viajando com uma amiga pelo sul da Bahia, que na verdade era uma colega de trabalho recém-separada também. Seu avô devia estar assistindo à TV sozinho em casa e sua avó fazendo compras em São Paulo. Cada um num lugar do mundo, enquanto ali na farinheira estavam todos presentes — três gerações de avós, filhos e netos. Até bisnetos! O mais incrível é que essas pessoas, ele pensou atordoado, se reuniam todos os dias. Os homens jovens chegaram com mais tambores e **canzás** e o couro comeu animado:

Na casa de farinha tem beiju e tem dendê
Se ocê não acredita, então passa lá pra vê

Era um som forte, que foi deixando Fred até meio tonto. As meninas rodavam e rodavam, acentuando a sensação de desorientação. Realmente, Fred jamais tinha parado ao menos para cogitar a hipótese de isso algum dia acontecer com sua família. As saias revoavam. Família — o que era isso, afinal? Significava que essas pessoas tinham isso que ninguém tem na cidade? Justo essas pessoas que sempre tiveram pouco e, ainda, foram roubadas do pouco que tinham. Ainda assim, naquele instante, elas pareciam mais felizes do que todo mundo que ele jamais conheceu. Uma inversão foi se dando, diante de tanta música e laços e dança. Fred sentiu-se tão pobre naquele momento, tão só!

Esse distanciamento do grupo o fez pensar em Viriato. Aliás, ele era o único que não estava na farinhada. Tinha ficado em casa para ensaiar o pandeiro para a apresentação do Ticumbi. Ele fazia parte daquilo tudo, mas ele era diferente. Algo nele era diferente dos seus parentes. Talvez por ele ter perdido os pais? Ou por ele ir para a escola e conviver mais com os brancos? Talvez Viriato soubesse melhor o que ameaçava aquela alegria toda? Viriato via os dois lados da coisa. Inexplicavelmente, Fred quis estar junto dele. De alguma forma, Viriato pareceu a companhia ideal — de novo. Esperou Teodorico se distrair no **jongo** e correu para junto de Viriato.

De dentro da casa de Conceição vinha o canto solitário. Era um refrão bonito do Ticumbi, que transmitia uma emoção forte pra danar. Fred viu Viriato pela janela de madeira, daquelas que só abre ou fecha o sujeito na escuridão de vez. A mesa estava repleta de batas e saias brancas que reluziam. Tinha uma espécie de incenso no ar, que fazia um cheiro diferente, meio adocicado. Era a seiva do **almíscar** que recendia sobre um braseiro. Assistiu-o a distância, com reverência:

São Benedito, nós estamos aqui, ê
E vós, meu santo, já está sabendo
E vós, meu santo, já está sabendo, ê
Ganai a mi,
Zambi uê
São Benedito, dá-me força
Que é pra nós poder vencer, ê

Viriato mantinha o pandeiro ativo, como se fosse o **guizo** de uma cobra-cascavel. Era misterioso o jeito dele de tocar, porque suas mãos não batiam no pandeiro como fazem os pagodeiros da TV. Aliás, parecia que ele mal tirava as mãos do contato com o couro, porque ele girava as pontas de seus dedos contra o couro tirando dali o som. Discretamente, Fred adentrou a casa e Viriato não pareceu notar sua chegada. Parecia estar num transe. Estava tranquilo, diferente de quando conversavam sobre aquela coisa de terras. De repente, ele deixou a cabeça cair, resignado.

— Branquinho, tô te vendo.

Fred quis desaparecer da face da Terra. Sabia que estava incomodando Viriato de novo, mas a vontade de ficar junto era mais forte do que ele.

— Desculpe, Viriato. Eu queria conversar um pouco. Senta aí.

— Sério?

— Tô falando, não tô?

— Desculpe, eu estava lá na farinhada, mas...

— Você não se sentiu parte.

— Como você sabe?

— Eu sei.

— Você já se sentiu assim?

— Sempre.

— Aqui?

— Aqui é meu lugar.

— Onde, então?

— Me sinto sempre assim quando estou na escola.

— É ruim?

— É horrível. Mesmo quando as pessoas estão sendo legais comigo.

— Isso é o pior.

— Eu sei. Muitos professores são legais comigo na escola. Alguns alunos não me olham porque sou negro, mas os professores me encorajam.

— Por que será que acontece isso?

— Acontece porque existem mundos dentro do mundo. E alguns de nós habitam dois mundos. São os condenados a jamais pertencerem por completo a nenhum deles.

Os olhos de Viriato brilharam de forma estranha na hora que ele disse isso. Talvez fosse uma lágrima. Fred sentiu um pouco de medo de ser um desses condenados. O que será que ele quis dizer com "dois mundos"? A fumaça que saía da brasa pareceu se intensificar e, na hora, veio à mente de Fred uma coisa que já tinha ouvido falar na cidade, de uma tal de macumba, algo que os negros faziam de magia, com galinha preta e essas coisas. Seria disso que Viriato estava falando? De mundo de feitiço e coisa assim?

— Você tá falando de mundo místico, essas coisas?

Viriato soltou uma gargalhada, como Fred nem imaginava ser possível! Talvez ele tenha dito uma besteira gigante, mas valeu a pena só para ver Viriato num gesto tão espontâneo, o que não acontecia sempre.

— Você tá achando que eu sou macumbeiro? Você nem sabe o que é macumba, branquinho. Como é que vai ter medo do que nem conhece?

— Sei lá. Acho que é por causa da energia que as pessoas trazem quando falam dessas coisas. Assusta. Parece que não é coisa do bem.

— Pois saiba que não é coisa do bem nem do mal. Porque nessa esfera não existe essa dualidade. Nem o bem nem o mal.

— Essa coisa de Ticumbi é macumba?

— Não. O Ticumbi é sobre a vitória do cristianismo. Sobre a conversão do **Reino de Bamba** ao cristianismo pela mão do **Rei de Congo**. Rei de Bamba e Rei de Congo encenam uma guerra no ritual e vence sempre o Rei de Congo, o rei cristão.

— Uau, Congo é um país da África, né?

— Isso! País da África. Acertou. Continente atrasado, né?

— É...

— Eu estava sendo irônico. Você sabia que, antes mesmo de o Brasil ser descoberto, um embaixador do Reino de Congo foi até Portugal de navio para estabelecer relações diplomáticas e comerciais? Fazer negócios, como vocês dizem?

— Jura? Tipo Itamaraty? Irado.

— Daí que os nobres do Congo conheceram o cristianismo e resolveram se converter pra estreitar as relações políticas com a Europa. Só que, naquela época, houve uma divisão entre dois príncipes. Um queria voltar para a religião tradicional deles e o outro tornou-se um cristão fervoroso. Eles batalharam com espadas.

— E quem venceu?

— O cristão venceu, com apoio dos portugueses. Aos poucos, seus súditos seguiram o mesmo caminho.

— Não consigo dizer se você acha que isso foi bom, Viriato...

— Sempre tem que ser bom ou ruim pra você, né?

— Desculpe.

— Foi bom e ruim, como tudo é. Tudo apenas é. Depois disso, o Congo, que já era um grande reino, tornou-se ainda maior e dominou grande parte daquela região da África. Mas, claro, foi o início dessa história de bom e ruim que nos assombra até hoje. Para os convertidos, os pagãos se tornaram os malvados ou os atrasados. Como você disse e dizem até hoje: os macumbeiros.

— Ainda não consigo saber se foi bom ou mau. E não consigo pensar em outra pergunta pra entender o que você está dizendo... Como julgar algo sem saber se é bom ou mau?

— Ué. Você não me disse que seu avô é boa pessoa? Ele roubou nossas terras e foi egoísta a ponto de nos impedir o acesso à nossa nascente, mas você o defende. Diz que ele só estava lutando pelo seu sonho de viver no campo. Isso é habitar o bem-mal ao mesmo tempo, não é? Ele é mau, porque nos fez mal. E ele é bom, porque não fez por mal. Tá aí a transcendência.

— Uau, Viriato. De onde você tira essas coisas?

— Vô Domingos diz que é porque sou neto de Nagô.

— Quem é Nagô?

— Pai da minha mãe.

— Eu não o vi por aqui.

— Ele não mora aqui. Mora distante da comunidade.

— Por quê?

— Porque ele é macumbeiro, como você diz aí. É o que dizem: macumbeiro, mentiroso.

— Macumbeiro e mentiroso são a mesma coisa?

— Não, mas quem transita entre dois mundos vê duas verdades, e como nem todo mundo entende isso, às vezes acham que é mentira. E às vezes parece ser mesmo!

— Você é macumbeiro também?

— Eu poderia ser, mas resolvi me converter. Eu estou aqui na Cupuba agora. Vivo com minha vó Conceição e vô Domingos. Escolhi esse outro caminho.

— Por quê?

— Porque é mais perto da escola. Vou aceitar meu destino nesse Baile de Congo de São Benedito, que será minha iniciação ao Ticumbi. É minha conversão, entende? Me curvarei ao Rei de Congo!

— Então, esse Ticumbi é um baile?

— É um ritual, numa festa de vários dias que começa com ensaios em várias comunidades quilombolas do Sapê do Norte, depois a gente faz o ensaio geral aqui na Cupuba até amanhecer o último dia do ano, sobe o rio em procissão até a comunidade das Barreiras, onde fica a imagem de São Benedito das Piabas, e desce até a vila para representar o Ticumbi na porta da igreja matriz.

— E isso tem a ver com essa mandioca que está ali?

Viriato riu, porque o menino branquinho estava completamente confuso. Parecia ser difícil para ele entender que tudo tem a ver com tudo. Como é que pode-se pensar em uma festa sem comida para o povo? Como é que ele achava que eles iam conseguir dinheiro para comprar os calçados, as roupas, os fogos de artifício e outras tantas coisas sem vender muita farinha e beiju na vila? A quantidade de mandioca que se planta em janeiro já está pensada para a festa do santo em dezembro. Tudo depende desse equilíbrio, das trocas que precisam acontecer para tudo dar certo. Todo mundo na comunidade joga esse jogo. Como explicar isso para um menino que jamais plantou nada nem colheu? Para quem tudo aparece pronto na mesa?

— Olha, Fred, na Cupuba, tudo é conectado. Para começar, esse território todo aqui se fez na roça de aipim e mandioca. Mesmo durante a escravidão, em época de colheita, o barão de Timbuí deixava o povo fazer a festa do santo e deixava tocar os pandeiros pra eles se divertirem. Nos quilombos dos fugidos, então, a festa corria solta. Daí, depois da liberdade, o povo pensou assim: "Vamos fazer uma grande festa!". E todos louvaram: "Vamos!". Festa de São Benedito, nosso padroeiro, o santo negro nosso pai! Tá vendo essas batas brancas? Foi a cor que eles escolheram pra se vestirem — branco da paz, pra nunca mais jorrar sangue como foi durante a escravidão. Daí, ano após ano, mesmo com as dificuldades, é questão de honra fazer essa festa acontecer.

Viriato contava essa história com tanta empolgação que na cabeça de Fred tudo passava como se fosse um filme. Ele via a grande fazenda, como as que tinha visto nos quadros pintados pelos viajantes europeus. Via a casa-grande no alto e a senzala embaixo e todos os negros comemorando a liberdade, dançando em torno de uma igrejinha. Alternava na sua mente a imagem de Zumbi dos Palmares, que ele tinha visto de relance num livro da escola, cercado de um grupo de negros corajosos e rebeldes que viviam escondidos no mato. Quando se deu conta, Viriato tinha vestido uma das batas brancas que estava sobre a mesa de madeira.

— Olha só. Tô bonito?

— Tá, sim.

— Homens de saias brancas, herança vinda do Congo, de onde mais?

— As coroas são lindas também!

— Sim, as coroas nos lembram que sempre fomos reis. Éramos reis na África, antes de virmos pra cá nos navios, escravizados. Cada povo tinha seu rei e sua rainha. Até o Reino do Congo se tornar um reino cristão, herdeiro do ímpeto do expansionismo.

— O que é expansionismo?

— Essa necessidade desmedida de expandir! De conquistar o mundo todo. De fazer todo mundo ser igual a si. Essa foi também a razão da queda do Reino do Congo.

— Por quê?

— Porque foi isso o que levou à escravidão de milhões de africanos. Quando Portugal quis conquistar a América e os navegadores chegaram aqui, não tinha gente o bastante pra trabalhar. Então, recorreram aos seus parceiros comerciais do Reino do Congo pra fornecer mão de obra escravizada.

— E eles toparam?

— Toparam. Não conseguiram abrir mão do poder que tinham. Já estavam convertidos, também, ao sabor do poder.

— Então, por que você vai se converter pela mão do Rei do Congo, Viriato?

— É preciso.

— Por quê?

— Pra saber dialogar. Pra saber lutar com as armas dos

brancos. Senão, aqui nesse fim de mundo, vamos ser aniquilados em menos de duas décadas, como já dizia Milton Esteves, um branco que era amigo dos negros e avisava a todos que era pra ir no cartório legalizar as terras.

— Já houve um branco que fosse amigo de verdade de vocês?

— Sim, Fred. O triste foi que pouca gente deu ouvidos a ele. Talvez pela desconfiança. Reclamavam que precisava ter dinheiro pra bancar o registro e também acreditavam que tinha tanta terra, matas e rios que nunca iam se acabar. Poucos dos nossos conseguiram o título. Pior é que alguns desses poucos ainda acabaram vendendo pras empresas e foram pra cidade. A empresa colocou um parente nosso na frente, que nos traiu. Foi iludindo nosso povo de que na cidade tudo era melhor. Daí, quem estava cansado do sufoco da roça acabou indo. E depois toda a mata foi derrubada e incendiada pra plantar esse eucalipto todo.

— Então, era um homem negro que não era amigo verdadeiro?

— Sim, desde sempre houve isso. Não te disse que a própria nobreza do Congo comercializava aqueles que eram escravizados? O poder corrompe a todos.

— Sinto muito.

— Isso é o passado. Sei que estamos aqui agora, mas até a virada do milênio já não existiremos se nada for feito. Vamos todos viver em favelas e perder nossa cultura e o que restou de nossas terras e matas. Já somos poucos. Algum de nós precisa aprender essas leis de papel pra evitar que o processo seja irreversível. E esse alguém sou eu.

— Luzia me contou que a assistente social descobriu você aqui.

Nessa hora, os olhos de Viriato se avermelharam de novo.

— A assistente social não descobriu nada, Fred. Meu avô Nagô já sabia desde cedo. Essa assistente apenas abriu o caminho pra escola. Teria acontecido de toda forma.

— Entendo.

— Agora, branquinho, vou pedir licença pra ensaiar. Tenho minha iniciação em pouco tempo e não está sendo fácil.

— Você preferia continuar a ser bamba?

— Eu sou bamba e sempre serei, Fred. Agora segue teu rumo que já está ficando tarde.

— Obrigado, Viriato. Eu gosto de conversar contigo.

— Eu sei.

— Você gosta de conversar comigo também? Um pouco?

Viriato sorriu. Era difícil confiar num menino branco, ainda mais neto de Sérvulo. Verdade seja dita que Viriato nunca fez um amigo branco na escola, nem jamais pensou em convidar alguns deles para vir até a Cupuba. Do mesmo jeito que achava todos eles mimados e bobos, achava que se eles viessem para a Cupuba iriam achar tudo sujo e ter medo de cobra. Daí, aparece esse Fred que é realmente mais verde do que branco, mas há algo nele que o faz sentir menos só. Não tinha como mentir para o branquinho. Nem por quê. Viriato se abriu:

— Gosto, sim. Você é verdinho, mas é de boa.

Fred caminhou de volta para casa passando pelos eucaliptos, mas se sentia sobre as nuvens. Podia parecer absurdo, mas ele sentia que Viriato era seu melhor amigo da vida inteira. Tipo, as coisas que eles conversavam eram muito profundas. Não eram besteiras de moleque, como conversar sobre o campeonato brasileiro e tal, que era o que ele fazia com os colegas da escola em Vitória. De repente, pareceu que tinha passado muito tempo desde que ele tinha estado em casa, muito mesmo. Com Viriato, da forma mais surpreendente do mundo, era como se eles se entendessem de verdade. Eles tinham que se esforçar muito para entrar na lógica de vida um do outro, mas quando isso acontecia, além de ser bonito se dispor a isso, se percebiam muito parecidos. Quando ele conversava com Viriato, ele sentia que sua vida realmente tinha um propósito. Um sentido.

Rememorando vários trechos da última conversa, se deu conta de que Viriato não tinha mencionado a mãe. Falou do avô Nagô e da tia-avó Conceição, um pouco do pai, mas não tinha falado da mãe. Sentiu que queria perguntar disso na próxima visita, saber mais, ajudar se fosse preciso. Logo se pegou fazendo planos para voltar no dia seguinte. Na verdade, queria mesmo era ter ficado na Cupuba, dormir lá uma noite. Já pensou? Será que algum dia ia poder?

De longe, avistou Totonho **pocando** lenha no terreiro do vô Sérvulo. Acelerou o passo, doido de vontade de contar o que tinha visto para as bandas da Cupuba. Mas Totonho parecia estar meio mal-humorado.

— Minino, que demora é essa? Teu vô tá é maluco com a tua demora.

— Eu estava bem, Totonho.

— Pois é, mas ele qué sabê donde ocê tava. Ocê inda vai causá pobrema de sê um minino tão **andejo**.

— Juro que não, Totonho. Não vou contar nada pra ele!

No que Fred disse isso, eis que o avô apareceu como um fantasma:

— Não vai me contar o que, meu neto? — Fred levou um susto terrível.

— Nossa, vô! Você quase me mata de susto!

— Quem faz coisa errada, vive sempre assim assustado.

— Eu não fiz nada de errado não, vô.

— Ué, se não fez, por que está dizendo que não vai contar nada pra mim? Tá de segredo com Totonho?

Fred ficou apavorado que Totonho perdesse o emprego por sua causa. Ainda mais sabendo a importância que o emprego dele tinha para toda a comunidade. Seria uma tragédia se isso acontecesse pela sua boca!

— Vô, o Totonho nem sabe do que eu estou falando.

— Num sei mesmo não, sinhô.

— Te juro, vô.

— Então, o que foi que você ia esconder de mim?

— Eu...

— Vamos lá, que eu não gosto de mentira.

Fred se lembrou imediatamente do que Viriato lhe dissera sobre o bem e o mal. Assim, concluiu, a mentira nem sempre é algo do mal. Quem transita entre dois mundos, às vezes, precisa mentir. Talvez ele precisasse mentir agora? Era isso. Ia precisar mentir — uma coisa ruim, para não comprometer Totonho, o que era uma coisa boa e justa. Era isso. Só precisava agora pensar no que dizer.

— Fred, se você não me disser a verdade agora eu vou ligar pro seu pai.

— Não, vô. Isso não.

— Então, me diga a verdade.

— É que eu fui passear de bicicleta pela plantação. Com a bicicleta que o senhor me deu...

— Sei...

— E acabei encontrando uma turma de meninos superdivertida jogando bola.

— Jogando bola no meio da plantação?

— É.

— Que estranho, Fred. Quero a verdade.

— É verdade! No meio da plantação. Tem pessoas vivendo no meio das plantações de eucaliptos, vivem cercados por elas. Você sabe disso, não sabe?

— Não sei de nada.

Será que vô Sérvulo estava mentindo? Não era possível! Ele sabia que havia gente vivendo ali. Ou será que Viriato mentiu sobre quando foi com o pai visitar vô Sérvulo e pedir acesso à nascente? Era uma possibilidade ele ter mentido, já que dizia que não achava a mentira injustificável. Fred sentiu que era horrível imaginar que as pessoas poderiam estar mentindo. Quem será que mentia para ele naquele momento: seu avô ou seu melhor amigo? Difícil.

Sentiu-se sem chão, aquela sensação de abismo que tinha tido no pesadelo. Ainda não sabia direito como mentir.

— Vô, por favor, me diga a verdade.

— Tô dizendo que eu não sei de nada e quem tem que me dizer a verdade nesse instante é você, menino! Senão, eu ligo pro teu pai já.

— Vô, onde você acha que a Luzia mora?

Os olhos de vô Sérvulo se arregalaram de raiva:

— Do que é que você está falando, menino?

— O senhor sabe que ela não mora aqui na sua casa.

— Ela mora no barracão.

— Mas ela vai pra casa todo domingo, vô. Você sabe que ela tem a casa dela, a família dela, não sabe?

— E daí? O que é que isso tem a ver com o seu segredo?

— Tem a ver, porque essas crianças que eu encontrei jogando bola são da comunidade da Luzia.

Totonho estava com a boca aberta e Fred tentava nem olhar para ele. Era como se ele estivesse pisando em ovos, apesar de ser a coisa mais óbvia do mundo o que ele estava falando. Todo mundo sabia que Luzia tinha família, não é? Fred seguiu pisando nesses ovos, porque eles iam surgindo diante dele.

— Seu moleque fução!

— Mas, vô, você me deu a bicicleta. Eu caí lá por acaso!

— E por que você não foi pedalar até a vila, moleque?!

— Vô! Eu fui pedalar e pronto. Aconteceu.

— Se metendo com aquela gente. Ah, se sua mãe sabe disso!

— Então o senhor sabe que eles existem! O senhor mentiu! Viriato estava certo!

— Quem é Viriato?

— Ninguém, vô.

Vô Sérvulo não gostou de ouvir aquilo. O velho foi ficando transtornado.

— Ninguém? Nunca vi ninguém ter um nome! Explique-se, Fred!

Luzia ouviu os berros e veio correndo da cozinha, percebendo que estava rolando alguma treta, e quando chegou ainda teve que ouvir do patrão:

— Olha, vocês dois, Totonho e Luzia, se isso acontecer de novo, se eu souber do meu neto se metendo com aquele povinho do mato, vocês dois estão no olho da rua!

Ambos pareceram desesperados e Fred tentou intervir:

— Não, vô. Não é culpa deles!

— E você chega de defender os empregados. Já pra dentro!

Fred obedeceu, exasperado. Lá dentro de casa, vô Sérvulo tentou se controlar e explicar para o neto:

— Fred, meu neto, esse pessoal é perigoso. Imagine se acontecer alguma coisa com você, seus pais vêm em cima de mim.

— Por que você diz que eles são perigosos, vô? Eles me trataram tão bem! Me deram lanche e brincaram comigo.

— E te falta lanche aqui em casa?

— Vô, eles me deram atenção de verdade!

— As crianças podem ter te tratado bem porque são crianças, mas os mais velhos vão te odiar mais cedo ou mais tarde.

— Por quê?

— Porque você é branco. Porque você tem dinheiro. Porque é meu neto!

— Não é verdade.

— Fred, não fale do que você não sabe. Esse ódio é antigo. Não tem a ver contigo. Nem comigo. É ranço de séculos. São séculos de escravidão nessa região e os descendentes deles são uns ressentidos. Dou até razão pra eles. Só que, por causa disso, mesmo que tentemos ser legais com eles, eles sempre se vingam. No fundo, eles nos odeiam.

— Mas, vô, se for assim, por que você confia sua casa e sua comida à Luzia e ao Totonho? Até mais do que isso. Você se abre com eles!

O velho Sérvulo parou por um instante. O neto o desafiava. Como explicar que ele precisava de Luzia e Totonho para cuidar da casa? Até mesmo por uma questão de segurança. Não podia ficar completamente sozinho ali no mato. De alguma forma, eles o protegiam.

Ainda que fosse só pela relação de trabalho, eles não o matariam ou deixariam que algo lhe acontecesse, porque precisavam do dinheiro dele no fim do mês. Como dizer isso?

— Meu neto, por favor, confia no vovô.

— Vô, o que você está dizendo não faz sentido.

— Faz sentido.

— Então, me explica.

Vô Sérvulo se deu conta de que Fred não era mais menino. Essa conversa era coisa de adulto. Será que ele não notou que o neto crescera? Até ano passado era um menino tranquilo, que praticamente só pensava em futebol. Terá sido a separação dos pais que o fez amadurecer desse jeito? Foi difícil para Sérvulo perceber isso. Ver os mais jovens amadurecerem abala o mais velhos. Gera consciência da passagem do tempo, do seu envelhecimento e da própria mortalidade. Pior que isso, da perspectiva da sua obsolescência.

— Fred, eu vou te contar a verdade, mas eu quero que você me prometa que não vai mais voltar lá. Nunca mais.

Fred silenciou.

— Fred, prometa a seu avô.

Titubeando entre os dois mundos, Fred se lembrou do recurso da mentira, de que ela não era só boa ou má. Resolveu ir com Viriato.

— Está bem, vô. Eu prometo.

— Meu neto, eles nos odeiam porque acham que essa terra aqui do meu sítio é de fato deles.

— E é deles?

— Claro que não. Eu comprei essas terras, Fred. O vô não mente.

— Mas comprou de quem?

— Comprei do antigo dono, com papel passado e tudo.

— Não era grilada?

— Do que você está falando, meu neto? Onde aprendeu isso?

— Era ou não grilada?

— Claro que não, Fred. O vô verificou tudo. Teve advogado, cartório, todo mundo envolvido. — Essas coisas não são simples assim.

— Então, por que eles diriam que as terras são deles?

— Porque algum dia, há muito tempo, alguém disse que eles podiam ficar vivendo aqui na região, quando era uma fazenda enorme, e eles acharam que isso é o mesmo que ser dono. Só que as coisas não são assim. Não dá para sair dizendo de boca para as pessoas que isso é seu ou meu. Para isso, existem os documentos. Registros de terra. Tudo certinho, para não haver esses problemas. E eles não tinham documentos.

— Mas e se foi verdade que os antigos fazendeiros deram as terras para eles?

— Não é verdade. Porque eu vi os documentos. Se eles tivessem dado mesmo, teriam registrado no cartório. Se alguém disse mesmo isso pra eles, foi de brincadeira ou, então, mentiu e eles acreditaram. São ignorantes e acreditaram. Pobres coitados! Eu sinto pena deles, mas é a verdade.

Fred sentiu tanta raiva dentro dele que começou a chorar. Não sabia se era raiva do avô, dos fazendeiros antigos ou das leis. Ele só sabia que havia algo de muito errado que o impedia de ser amigo de Viriato.

— Não chore, Fred. Não por isso. Eles estão acostumados. São um povo tinhoso. Já passaram por muita coisa, muito pior que isso.

— Vô... Eu posso te pedir uma coisa?

— Se não for pra voltar lá, você pode.

— Por que você não deixa eles virem pegar água na nascente?

— Meu Deus do céu! Colocaram minhoca na sua cabeça, meu neto. Que absurdo!

— Mesmo a terra não sendo deles, se é que o senhor está certo, por que você não deixa eles virem tirar água aqui?

— Fred, eu não estou gostando desse papo.

— Eles têm que ir muito longe pra pegar água. Por que o senhor não deixa?!

— Olha, menino. Vá pro seu quarto. Você está de castigo. Eu vou ligar pro seu pai e pedir pra ele vir buscar você. Acabaram as férias no sítio.

— Mas, vô! Por quê?

— Não se fala mais nesse assunto. Vá pro seu quarto.

— Por que, vô? Me diz.

Sérvulo levantou a voz e foi firme:

— Já pro quarto!

Fred obedeceu aos prantos a ordem do avô. Jogou-se na cama e, sem ao menos jantar ou tomar banho, chorou até adormecer.

O sol não havia nem raiado e Fred já estava acordado, de banho tomado, olhando pela janela e esperando os primeiros raios do dia beijarem a plantação. Precisava sair assim que possível para evitar que o avô madrugasse e o levasse embora para Vitória. Mesmo que as férias tivessem acabado, precisava se despedir de Viriato, pegar seu telefone, sei lá. Ele não teria telefone, mas de alguma forma precisava ir lá dizer para ele que tinha gostado tanto de conhecê-lo e que, bem, se algum dia ele fosse para Vitória ele podia ligar para combinarem de se ver. Era isso, ia deixar seu telefone com ele. Fazendo planos, o tempo foi passando e, logo, os primeiros raios despontaram.

Fazia um frio incomum, mas Fred não recuou. Foi atravessando as linhas de eucaliptos, temendo se confundir no labirinto que elas formavam, apesar de já ter algumas marcas mentais para não se perder. O ninho de joão-de-barro, a lata de óleo abandonada, o monte de galhos empilhados. Ele sabia que esses marcos podiam mudar de um dia para o outro. Os carvões empilhados eram levados regularmente. Conceição explicara que era a atividade de uns primos distantes que tinham ficado pobres de verdade, quase sem terras, e se arriscavam recolhendo galhos de forma ilegal das plantações e queimando em fornos de barro muito perigosos. Dèixavam ali para serem recolhidos por um atravessador, a quem chamavam de gato. Pneu abandonado, lata de querosene, assim Fred foi conseguindo se aproximar da Cupuba.

Quando chegou lá, para sua surpresa, já estava todo mundo de pé. O povo dali acordava cedo mesmo! O terreiro de Conceição estava repleto de mulheres atuando em várias frentes da cozinha: umas pocavam lenha, outras descascavam batatas, outras limpavam arroz, outras separavam feijão, outras temperavam peixe, outras descascavam cenoura, enfim. Deviam ser os preparativos para o tal Baile de Congo de São Benedito. Cada mulher com a sua bacia diante de si e um monte de coisas para fazer. Ele visitou cada rosto. Todas usavam turbantes coloridos como os de Conceição, mas a própria não estava ali.

Resolveu perguntar para sua irmã Laudemira:

— Cadê Dona Conceição?

As mulheres todas olharam para o branquinho e deram risada:

— Conceição foi matá o porco, minino.

— Sério?

— Seríssimi, branquinho. Hoje de noite cumeça a festança. Então tem que tê carne pro povo ficá de pé noite afora. Os **vassalo** já trouxe mais de dez galinha, mas sem o porco num é igual.

— O que é um vassalo? Parece coisa meio medieval.

— Ih, eu acho que é mesmo, viu? Coisa de juramento pra ajudá nóis, desses tempo antigo mesmo, que vô Domingo tava contando um dia pra nóis.

— A festa então começa hoje, é?

— Óia, verdade verdade, começô foi dia de depois de amanhã faz um ano! Que nóis aqui num para de trabaiá pro santo, não.

— Ah, sim.

— Ih, nóis já catô foi muito caranguejo no buraco pra vendê na cidade e consigui comprá as roupa nova, né não?

Fred achou a mulher ao lado bem parecida com Conceição e não resistiu.

— Você é irmã de Conceição também?

— Sou, ué. Sou a Rosa, prazê.

— Eu sou a outra irmã, Janaína. Prazê.

— Nossa, vocês são todos parentes mesmo!

— Óia, menino. Nóis aqui é tudo parente.

— Entendi.

— Intão, pra ocê num ficá perdidinho da Silva, hoje à noite é o ensaio geral — disse Rosa.

— Que legal. Olha, onde posso achar o Viriato?

— Tá junto de Conceição, vendo o tar do porco. Qué ir vê? Vai lá — completou Janaína.

Ver um porco ser morto não era exatamente o que Fred tinha em mente. Nunca tinha visto ninguém matar nem uma galinha, que era menor e devia ser menos barulhenta. Mas, bem, se Viriato estava lá, ele deveria ir ajudá-lo também. As irmãs de Conceição o encorajaram.

— Vai lá, minino. Tem medo, não. Tá vendo o **quaradouro** ali? — insistiu Rosa.

— Quaradouro?

— É, minino, onde tão as bata e os saiote branco ali de moio no chão. Ali, ó — explicou Janaína.

— E pra que isso?

— Pro uniforme dos congo ficá bem alvinho. Vai, minino. Continua naquele caminho que ocê vai vê um varal. Eles tão bem lá pra trás — insistiu Rosa.

— Ah, no varal! Beleza, valeu!

Fred foi na direção dos lençóis estendidos lado a lado, de várias cores. Ele nem nunca tinha visto lençóis laranja, verdes e azuis. Sempre pensou que roupa de cama era branca ou bege, mas enfim. O vento ia soprando e revelando parcialmente as imagens do abate do porco. De longe, viu Conceição com uma faca enorme na mão. Mas não via porco nenhum ainda. Ela estava aguardando que o bicho chegasse e Viriato estava a seu lado, também com uma faca na mão. Fred foi se aproximando até quê, de repente, ouviu um grunhido. Deu um salto para trás. Nossa! Outro grunhido, muito estridente, veio em seguida. O som era tipo o de um bebê sendo esquartejado!

Os lençóis balançavam ao seu ritmo e, às vezes, não dava para ver direito, mas Fred viu de longe um homem negro muito grande mesmo se aproximando. Devia ter uns 2 metros de altura. Carregava o porco pelas pernas e o grito vinha do porco! Tipo, não era nem que parecia que o porco grunhia. Parecia que o grito era algo sobrenatural e o bicho estava lá de enfeite, se debatendo, claro. Mas o homem o prendia pelas pernas. De cabelos brancos, ele era forte feito um touro. Foi se aproximando de Conceição e sua faca e Fred ficou na dúvida se atravessava o portal de lençóis e se revelava ou assistia a tudo em pequenos lances. O senhor deitou o porco num **jirau**, um apoio de madeira feito para isso, e — paff! — Conceição espetou a faca no coração do animal.

Gritos e mais gritos ensurdecedores. O porco estrebuchou. Para acelerar a morte, o homem ainda bateu na cabeça do porco com um machado, não com a lâmina, e sim com o lado oposto, que fazia as vezes de uma marreta. Fred ficou pensando em como era mais fácil ir até o supermercado e comprar carne em pacotes limpinhos com etiquetas do tipo: filé suíno, 250 gramas. Ao mesmo tempo, era muita hipocrisia ficar nessa de comer carne e não querer ver como acontece o abate, não é? Ele ia ter que ir até lá e encarar a realidade. Tomou coragem e atravessou os lençóis de vez.

— Oi, pessoal.

Estavam todos compenetrados, então, ninguém respondeu. Conceição começou a jogar água fervente no porco e o senhor fortão foi logo despelando o animal com movimentos ligeiros com a faca, raspando o couro que ia caindo aos pedaços no chão. Em instantes, o porco ficou branquinho, da cor de Fred. Os cachorros estavam felizes. Iam fazendo a limpeza em tempo real. Assim que Viriato se aproximou do porco para fazer a primeira incisão no peito para limpá-lo por dentro, disse assim:

— Chega mais, branquinho. Você vai me ajudar.

OK, isso não era previsto. Na verdade, a ideia de Fred era só se despedir, porque seu avô descobriu tudo e, bem, ele pensou em dizer isso para Viriato, mas não tinha clima para falar dessas coisas com o porco ali morto. Então, ele se aproximou, disposto a ajudar. Era bem estranho o contato tão próximo com a morte, mesmo sendo a de um porco. O bicho estava vivo há poucos instantes e agora estava meio-vivo-meio-morto e, sei lá, vai saber para onde foi aquela vida que tinha antes. Isso abalou um pouco mais a moral de Fred.

O senhor gigante tinha, ainda por cima, os olhos esbranquiçados, Fred notou. Como se não tivesse a íris ou a pupila. Aquilo o assustou de verdade. Será que era cego? Se fosse devia ser bem esperto, porque pegou o porco e o colocou ali na mesa de madeira sem ajuda de ninguém. Pensando bem, não era cego. Era só estranho, tinha energia diferente, como se viesse de outro mundo. Talvez fora chamado justamente porque matar porcos fosse tarefa de fazer almas irem para outro mundo, intuiu. Se é que porco tem alma. Quando o porco estava totalmente sem couro, começou a parecer um corpo humano, Fred começou a sentir enjoo. O senhor se distanciou, arrancou umas folhas de uma árvore perto e passou no corpo do porco. Seria uma espécie de bênção?

— Posso agora, vô?

Viriato estava ansioso para iniciar o corte, para se iniciar em tudo, na verdade. Estava pronto para a vida, ansioso por ela. Fred sacou que, se Viriato chamou o senhor gigante de vô, é porque seria Nagô. Mesmo meio tonto, a situação começou a fazer sentido.

— Pode, Viriato. Faz um corte fundo nos petcho do bicho, depois abre o bucho.

Ele tinha um sotaque forte, quase estrangeiro. A

forma como ele dizia "petcho" o fez lembrar do zelador uruguaio do seu prédio em Vitória. Viriato fez conforme a orientação do avô e, de dentro do porco, surgiram as entranhas. Intestino e miúdos caíram do corpo do porco e Nagô pegou tudo com as mãos, separou e deu uma parte para os cachorros. O sangue pingava no chão, atraindo formigas. Fred começou a sentir fraqueza nas pernas. O estômago estava embrulhado. Teve a certeza absoluta de que não comeria aquele porco de jeito nenhum. Nagô não tinha nem olhado bem para Fred até então, mas perguntou:

— Branquim, tá bem aí?

— Tô, sim.

Conceição deu uma gargalhada, daquelas deliciosas que ela dava.

— Já viu abatê os animar inhantes, minino?

Fred ia dizer que sim, porque ia parecer ridículo dizer que não. Que só comprava carne no supermercado, já pensou? Mas ficou estranho dizer... qualquer coisa. As palavras não vinham mais. Os outros se entreolharam e Fred morreu de vergonha, porque se deu conta de que ia passar vergonha ali. Estava prestes a vomitar. Nagô tinha os dedos repletos de sangue, mas limpou-os num pedaço de pano e adentrou a mata. Nada foi dito. Ele voltou com um maço de folhas, entregou para Fred e disse num tom que era impossível não obedecer:

— Ocê senta ali na pedra, espreme essas fôia nos dedo e dá uma **cafungada** bem funda.

Enquanto Fred obedecia, Nagô perguntou a Conceição o que o menino branco estava fazendo ali. Ela respondeu que o menino tinha caído da árvore que nem jambo, louco de vontade de brincar com Viriato:

— I Domingo dexô?

Conceição respondeu sem tirar o olho do porco:

— Domingos ficô foi arretado. Num queria de jeito nenhum, mas daí eu insisti pra dá um lanche e ele cabô deixando só pra jogá bola com as criança, daí pronto. Minino branco encostô aí e ficô.

Nagô não falava muito, mas era dessas pessoas que, justo por isso, parecia saber mais ainda das coisas. Não gostou nada da novidade. Fred ficou vendo de longe, enquanto se recuperava da tonteira. Avaliou a situação com duas palavras, que assustaram Conceição:

— Domingo fez bestage.

— Ôxi, o que é que tem, Nagô?

— Assunta bem que esse erro vai tê perna. I num demora.

Viriato ia aprendendo com o avô a arte de cortar o porco. Sem pestanejar, terminou de retirar os miúdos, separou as fezes que restavam, e daí foi para o corte dos membros, os pernis, as costelas, a barriga, os carrés, os filés. Nagô ia sinalizando com os dedos como um maestro hábil e o neto ia cumprindo. Eles tinham uma fina sintonia. Olhando a cena dali, enquanto respirava dentro daquelas folhas, apesar da diferença de idade, parecia que Viriato era filho de Nagô. Mas era melhor ir se acostumando que ele não saberia muito mais dessa história. Restaria tempo de quase nada, além da despedida. Fred melhorou do enjoo, mas, triste de ter que ir embora, aproveitou não estar tão bem para curtir os últimos instantes na comunidade.

Foi quando surgiu Teodorico, a alegria em pessoa, cercado de mais primos do que antes. Parece que o povo das comunidades vizinhas já vinha chegando pra festa, porque iam surgindo cada vez mais parentes. No meio tinha até uma moça grande também, bem bonita, que não olhou para ele de jeito nenhum. Parecia até meio metida.

— Ei, gazo! Ocê tá aí?

— Deixa ele aí, que ele num passô bem, não — disse Conceição.

— Ôxi! Que nada! Vem com nóis, branquim, que nóis tá indo se banhá no rio. Mió que ficá aí vendo porco esgarçado.

— Carolina vai junto? — Viriato perguntou para Teodorico, sem tirar os olhos do porco.

— Carolina?

Fred se lembrou imediatamente de que esse era o nome da menina em quem Viriato estava interessado, conforme Luzia tinha contado. Ela era bonita, de pernas longas e cabelos encaracolados. Mas o sorriso dela era meio estranho, meio de lado. Tinha uma malícia estranha nela, que Fred não conhecia ainda. Carolina respondeu por ela mesma:

— Eu vou sim, ué.

— Por que você não vai ajudar as mulheres na cozinha?

Engraçado Viriato dizer isso para ela, como se a repreendesse.

— Vou nada! Vou é me banhar no rio!

Ela riu, como se não ligasse para nada, muito menos para o que ele achava que ela devia fazer. Aquilo incomodou Fred, porque pareceu que Viriato queria que ela ficasse ali nos preparativos e ela não ligava muito para isso. Havia descompasso entre eles. Se Viriato quisesse algo dele, qualquer coisa, ele faria com certeza! Amigo é amigo. Agora, aquela Carolina era o quê?

Antes que outra coisa qualquer fosse dita, Teodorico agitou a galera e insistiu para Fred ir junto:

— Vem, gazo! Vem com nóis.

Fred disse que não podia mesmo ir. Nunca tinha tomado banho de rio e não tinha levado sunga.

— O que é que é isso? Sunga?

Teodorico quis saber. Carolina riu de Fred, mas quando entendeu do que se tratava, Teodorico o livrou:

— Aqui nóis nada de cueca mesmo, Fred. Depois seca no sol. Vem com nóis!

Carolina ainda o provocou:

— Branquim tá com medo? Então, não vem. Vai perder!

Era o chamado do bem e do mal, para a mesma direção. Fred tentou discernir, mas na verdade ele só não queria voltar para a casa do avô. Queria ficar um pouco mais com os quilombolas, nem que fosse algumas poucas horas. Vai saber se algum dia teria a chance de voltar. Fez as contas e até seu pai voltar do Rio ia demorar ao menos um dia, então, agora que ele já estava ali, que mal faria em ir nadar no rio? De toda forma, ir para o rio era melhor do que ficar ali dissecando o porco.

— Tá bem, eu vou com vocês.

As crianças pegaram a trilha em direção ao rio. Fizeram uma fila de índio, mas só que bem maluca, porque ninguém esperava ninguém! Carolina ia na frente correndo, é claro, e na sequência ia cada um se virando como podia. Só Bete, que era a mais velha, é que ia com mais calma levando sua irmãzinha no colo. Fred se associou a elas para ir vencendo o medo de andar naquela trilha que começou tranquila, com uma vegetação rasteira e de árvores frutíferas num chão de areia bem branca. Mais adiante, foi se adensando numa mata que fazia sombra com árvores maiores. Fred reconheceu o cheiro de incenso e Bete lhe mostrou a árvore que chorava uma seiva de seu tronco e era usada para recender. Também experimentou da fruta daquele pé de almíscar, além de provar coquinho de **guriri**, **mangaba**, pitanga e **cambucá**.

Bete era bem tranquila, o oposto de Carolina, mas Fred descobriu que eram irmãs.

Nem parecidas fisicamente elas eram, porque Bete tinha a pele bem mais escura que Carolina, que tinha a cor mais aberta, como dizia o povo dali. Talvez fossem filhas de pais diferentes. Ambas eram do Angelim, uma comunidade quilombola que ficava do outro lado da estrada de asfalto. Fred quis saber se eles sempre vinham para a Cupuba e Bete contou que vinham em todas as festas, porque o tio dela, irmão do seu pai, era primo de Seu Domingos. Isso deu um nó na cabeça de Fred, que nem tios tinha, ainda mais primo de tio. Bete riu do branquinho. As crianças andaram tão rápido na direção do rio que Fred até desistiu de acompanhá-las. Foi trocando ideia com Bete ao longo da caminhada, que foi bem árdua para ele. Descobriu que ela também ia na escola, mas já para as bandas do município vizinho, que se chamava São Mateus. Carolina também ia. Na verdade, todas as crianças do Angelim iam, ao contrário de Cupuba, que era mais isolada. Daí, explicou que até tinha mais crianças lá no Angelim do que em outras comunidades quilombolas, porque os parentes que se importavam com educação iam mandando os filhos para lá para poderem ir à escola. Nem todo mundo vivia com os pais, mesmo quando eles permaneciam casados e bem-casados. Interessante.

— Mas, então, vocês são todos parentes, Bete?

— Acho que sim. Quase todo mundo, porque antes era tudo junto. Entende?

— Como assim? — Fred quis saber mais.

— Assim, antes dessas plantações aí, tinha muito mais gente vivendo na roça e todo mundo tinha roça grande, criava muito porco solto e aí era todo mundo junto, só um pouco separado pelos córregos e matas. Por isso que as comunidades todas levam nome de rio ou de árvores nativas, que tinha muito — explicou Bete.

— Junto e separado?

— É... porque assim, vamos dizer que Seu Domingos tem a família dele aqui e as roças em volta. Ele e Conceição foram tendo filhos, que logo se casaram, e depois vieram os netos, daí as roças iam ficando longe, então, um filho resolvia montar uma casa mais perto da roça dele e acabava formando outra comunidade. Mais gente ia se chegando por lá e botavam uma casa de estuque com uma roça e assim ia.

— E essas pessoas novas vinham de onde?

— Vinham de outras comunidades que tinham suas roças apertadas ou então era gente que casava pra dentro da outra comunidade.

— Tudo parente?

— É, tipo tudo parente.

— Sempre pessoas negras?

Bete pensou mais um pouco, depois fez um adendo:

— Também tinha uns chegante — gente que não era parente nosso de sangue, que vinha de outros cantos, e que podia botar sua roça se não criasse problema.

— Alguns de vocês foram se casando com os chegantes?

— É... o povo aqui prefere casar com os das comunidades vizinhas, mas teve isso mesmo.

— Alguns até são filhos de pais de fora, sabe?

— Mais ou menos. Me explica?

— Tipo assim, o pai de Carolina não é meu pai. Ele é de fora.

Ah, então estava explicada a diferença entre as duas.

— Mas vocês são filhas da mesma mãe?

— Sim. Nossa mãe trabalhou na cidade um tempo, daí engravidou de Carolina. Depois voltou.

— Entendi.

— E seu pai é que vive com vocês?

— Sim, meu pai é o pai de todos nós. Agora é quem cuida de nós.

Antes que Fred pudesse perguntar mais, eles alcançaram um clarão na mata que tinha um casebre de madeira meio caindo aos pedaços e cercado do que pareceu para Fred umas teias de aranha gigantes.

— Cruz, credo! É teia de aranha isso?

Isso fez Bete rir muito, o que atraiu as outras crianças.

— Que foi, Bete?

Ela não conseguia parar de rir do branquinho.

— O branquim achou que as rede de pesca do vô Domingos eram teias de aranha!

Todos riram tanto que Fred ficou até chateado, porque alguns rolavam no chão de tanto rir, como se ele fosse um burro. Era natural que rissem das confusões que ele fazia com o que era óbvio para eles, mas não precisava tanto! Se fosse o contrário, se eles tivessem visto um *videogame* e achado que era um rádio, ele não teria rido tanto. Talvez um pouco. Teodorico percebeu que Fred estava sem graça e o chamou para o porto.

— Bora, gazo? Bora pro rio! Deixa esse povo aí.

— Tá bom.

— Fica chateado não, gazo. Eles é ansim mesmo.

— Beleza...

— É que vô Domingo é pescador, então ele deixa o barraco dele aí para quando chega cansado e qué prepará o rango com o peixe fresquim. Ele sempre diz pra mim que quem mora na beira do rio num fica sem comida.

— Entendi.

O alto do barranco dava vista para o rio largo que reluzia ao sol. Lugar lindo mesmo.

Teodorico desceu com facilidade para a areia e mostrou a canoa para Fred:

— Bora, gazo, bora lá praquela praia de areia no meio do rio!

— Mas não vai nenhum adulto? Vocês sabem remar nesse riozão?

— Nóis rema. Nóis vai sempre.

Fred ficou com medo. O rio era largo e perto da foz, o que significava que o encontro com o mar era próximo. Era só virar a maré e viria correnteza forte. As outras crianças foram chegando no porto e todas correram sem pensar para dentro da canoa. Era algo que eles faziam sempre, afirmava Teodorico, mas Fred ficou travado. Era um risco grande ir para o rio naquela canoa pequena com tantas crianças. Imagine se, por azar, a canoa virasse? Seria uma tragédia que afetaria a vida de todos. Fred ficou calculando a ira de seu avô, o confronto com Domingos. Até que Carolina surgiu do seu lado, feito serpente:

— Vai amarelar, branquim?

— Não. Tô pensando se dá tempo de eu ir com vocês.

— Cê vai amarelar, eu sei.

— Não vou, não. Tô só pensando se dá tempo de ir e depois voltar no horário. Meu avô pode se preocupar.

— Cê não me engana, branquim. Tá com medo. Cê é cagão.

— E se eu estiver com medo, qual é o problema? O que você tem a ver com isso?

— Eu tenho com isso que seu lugar não é aqui. Aqui é meu lugar. Então, você pode ir embora.

— Eu vou embora quando eu quiser ir. Quando meus amigos daqui quiserem que eu vá embora.

— Amigos? Quem é seu amigo aqui?

— Teodorico e Viriato.

— Viriato é seu amigo? Duvido muito.

— Ele é meu melhor amigo!

Carolina deu uma gargalhada do mal. Aí foi que Fred teve medo mesmo. Ela se afastou um pouco, ainda rindo, e foi fofocar algo com Bete, que estava trocando a irmãzinha. Ficaram falando dele, é claro. Fred ficou pensando se valia a pena ficar, ainda mais com essa presença negativa de Carolina.

De repente, ela voltou pra junto de Fred, mas se comportando de forma diferente.

Como se tivesse se arrependido e agora tentasse ser boazinha. Talvez Bete tivesse dito algo para ela se comportar?

— Branquim, cê pode me ajudar?

— Ué, você vai pedir ajuda justo pra mim?

— Ah, desculpe. Estou querendo fazer as pazes. Você parece legal, no fundo.

— Bem no fundo, né?

— Ah, foi mal, branquim.

— O que você quer?

— Pode me ajudar a alcançar uma manga? Estou com vontade.

Aquilo pareceu bem fácil.

— Eu baixo o galho e você pega pra gente dividir e fazer as pazes.

Bem, se era pra selar a paz e comer outra manga delicio-

sa, Fred concordou. Carolina o levou até um pé de manga bem frondoso, repleto de folhas. Na verdade, ela praticamente o conduziu, empurrando-o pelo ombro como se ele fosse um boneco. Ela era estranha de verdade e, por algum motivo, o posicionou num lugar bem específico. Daí se lançou para fisgar o galho e fazê-lo baixar:

— Vai, branquim, põe a mão aí e pega a manga.

Fred olhou para a folhagem densa, tentando localizar a manga, mas não havia nenhuma fruta ali. Seus óculos estavam embaçados do calor e da maresia, então, continuou tentando encontrar:

— Não estou vendo.

— Ali, pra sua direita.

Ele esticou a mão, deixando-se guiar por Carolina. Então, viu algo que parecia marrom. Não se parecia bem com uma manga... e, na verdade, de repente se deu conta, parecia com uma colmeia. Só que não eram abelhas. Ele viu um inseto voando de dentro da suposta manga, em seguida, ouviu um barulho nervoso seguido de um pequeno estrondo.

— Vai, branquim!

Carolina, então, deu uma sacudida forte no galho. Era tarde demais, quando ele se deu conta de que era um cacho de marimbondos. Não houve tempo para recuar e os marim-

bondos saíram furiosos em sua direção. Fred ainda tentou afastá-los, mas eles picaram suas mãos e a dor era terrível. No que ele tentou correr, tropeçou nas raízes irregulares da grande árvore e caiu no chão. Carolina saiu correndo para o rio dando risada, muita risada mesmo, chamando todo mundo para rir do branquinho:

— Ei, gente, vem ver o branquim ficar vermelhim! Vem ver!

Teodorico ficou alarmado quando ouviu isso, já sabendo como eram as brincadeiras de mau gosto de Carolina, e subiu o barranco, seguido de todos os outros, que também pressentiram o tamanho do problema e chegaram perto da árvore, porque não dava nem para chegar junto, já que os marimbondos ainda voavam zangados. O que viram não era nada engraçado. Fred estava estirado no chão e todo picado, bem vermelho e inchado. Seus óculos estavam caídos a seu lado e ele não se movia. Será que ainda respirava?

— Carolina, sua marvada, óia o que ocê fez!

Ela ria sem se dar conta ainda. Quando Bete percebeu o ocorrido, deixou a irmãzinha de lado e correu até Fred. Ela mesma levou uma picada, que doeu pra caramba. Sentiu o pulso de Fred e exclamou:

— Meu Deus, Carolina! O que foi que você fez?

— Ué. Fiz a brincadeira da manga.

— Que brincadeira é essa, menina? Isso aqui é marimbondo **tapiucaba**. Perigoso demais e ele levou foi muita picada. Ele pode morrer!

Carolina levou as mãos à cabeça de forma teatral, ainda sem acreditar.

— Vai nada. Vaso ruim não quebra!

Bete ficou com raiva da irmã, daquela meia-irmã, que era como se a outra metade dela fosse o próprio demônio.

— Carolina, eu tô te dizendo que é sério. O menino tá inchando cada vez mais. Vá correndo atrás de Nagô. Acho que só ele dá conta disso agora.

Foi falar em Nagô e Carolina ficou paralisada. Só então se deu conta do que tinha feito e da natureza perversa do seu desejo, que vira e mexe se expressava desse jeito estranho. Não era a primeira vez que isso acontecia. Se Bete julgou necessário chamar Nagô, é porque era coisa séria. Ela pagaria por isso, estava certa. Teodorico tomou a frente:

— Podexá que eu acho Nagô. Vai confiá nessa aí?

O menino entrou para dentro da mata, que era a casa de Nagô. Carolina, por fim, resolveu reagir:

— Pode deixar que eu busco Domingos, então. Ele vai precisar estar junto.

— Coitado de Domingos. Justo agora que ele deve estar se preparando para o ensaio geral do Ticumbi. Espera o ano todinho pelo dia de hoje, pra festejar o santo dele. Você vai atrapalhar tudo, menina! Tá vendo? Demônia que você é!

Carolina se lançou na trilha de volta para a Cupuba, com lágrimas quentes nos olhos. Era tudo culpa da maldição daquele branquinho ter aparecido na vida deles, só para atrapalhar tudo. Não via que tinha culpa no que estava acontecendo. Ela só estava brincando, ué! Quem mandou se meter onde não é chamado, o abelhudo. Agora, ia sobrar para ela. Sentiu raiva da irmã, sempre tão perfeitinha, chamando ela de demônia. Coisa de danada!

Foi Teodorico pisar na mata e deu de cara com Nagô, parecendo misto de totem e tronco de árvore. Levou um susto danado:

— Vô! Que susto. Eu tava indo buscá ocê.

Nagô já sabia, naturalmente. Não havia o que acontecesse naquelas matas que ele não soubesse de antemão. Já de manhã, quando sentiu o chamado para ir ajudar os parentes na preparação do rito cristão que tanto desprezava, sabia que algo não ia acabar bem. Quando viu o menino branco ali, sentiu o arrepio. Quando perguntou a Conceição do que se tratava e ela disse que Domingos tinha permitido, não disse nada para não causar controvérsia. Seu trânsito era em outra esfera e, há tempos, havia uma divisão clara na família: Nagô cuidava das matas e seu irmão, Okô, cuidava das áreas cultivadas. Okô era o nome verdadeiro de Domingos. Ele, que sempre tinha sido bom de diálogo com os brancos, achou por bem ter um nome de branco também.

— Foi o minino branco, né, Teodorico?

— Foi sim, vô. Tá caído no chão, todim picado de marimbondo. E é tapiucaba. Acho que tá morto, já.

— Mi leva inté ele.

Nagô e Teodorico seguiram pela trilha. Teodorico se sentiu importante, ao lado do tio-avô tão malfalado por uns e, ao mesmo tempo, tremendamente temido e respeitado. Aproveitou para tirar as dúvidas que sempre carregou consigo.

— Vô, por que o sinhô mora no mato?

— Porque io gostcho.

— Vô, por que o sinhô num tem muié?

— E quem disse que io num tenho muié?

— Mãe que disse. Vó Conceição também. As muié tudo disse. Igual, o sinhô mora sozinho, ué — mandô teus fio tudo pra vô Domingo criá.

— I si eu tenho fio cumé que num tenho muié? Pensa mió no que diz, minino. Io só num nasci pra vivê dentro de casa, pra casá, como os povo diz.

Teodorico riu.

— Verdade, né, vô?

— Eu sou do mato. E isso num é pra todo mundo entendê mesmo não.

Enquanto isso, Carolina ia chegando afoita de volta na Cupuba e logo viu Domingos labutando na roça dele, arrancando aipim para garantir um bolo no amanhecer.

— Vô Domingos! Vô Domingos!!

Ele não ouvia bem, então, ela teve que ir saltando por entre os pés de aipim para que ele a visse. Acenava desesperadamente. O coração batia na boca, do medo da reação dele.

Finalmente, ele a avistou. E fez cara de quem não gostou:

— O que é que ocê tá fazendo aqui, minina?

Carolina não conseguia ter coragem de contar, apenas respirava ofegante:

— Se ocê teve coragem de fazê, agora ocê tem que tê coragem de contá.

Será que ele já sabia? Meu Deus, como seus tios-avós eram estranhos — pensou. Pareciam sempre saber de tudo antes mesmo de ela contar!

— Vô... o branquim...

— Ah, disso eu já sabia. Que o branquim ia trazê pobrema pra nóis era certo. O que foi que ocê aprontô com ele? Me diz, minina.

— Eu?

— Pra ocê tá vindo aqui me contá, só pode tê sido aprontação sua. Notícia ruim num manda recado, num é não?

Carolina começou a chorar desesperadamente, o que fez Domingos sentir a gravidade do ocorrido:

— Ôxi, entonce, me leva logo até ele.

— Desculpa, vô. Desculpa mesmo.

— Agora deixa de lado essa conversa mole e seca tuas lágrima de jacaré, que ocê num me engana, Carolina. Me leva logo inté ele. Despois a gente vai vê se ocê vai sê desculpada. Ou mesmo se ocê vai se desculpá a si mesma, num é não?

Quando Domingos chegou no seu casebre ribeirinho, avistou Nagô ao lado do corpo estirado de Fred. Gostava e não gostava de encontrar o irmão de sangue. Nagô trazia de volta para a sua vida a dualidade contra a qual ele remava por princípio, mas que habitava sua fala e sua alma cotidianamente, à revelia de sua vontade. Entre aquilo que ele almejava e aquilo que ele era, estava Nagô, divisa de si. Como era possível gostar e não gostar de alguém ao mesmo tempo? Sentir isso o angustiava. Desde criança fora assim. Por um lado, era sangue do seu sangue; por outro lado, era o outro lado de si espelhado. Além disso, sabia que não dava 2 minutos juntos e estariam discordando de algo ou de quase tudo.

A situação era séria, no entanto. Domingos pôde ver pela cara de Nagô. Estava preocupado de verdade. Isso diminuiria o escopo para discórdia. Domingos já chegou pedindo um parecer da situação:

— Intão, Bete. Ocê que é a mais véia dos que tava com as criança, o que foi acontecido? A verdade, por favor.

— Foi a Carolina! Estava tudo bem, todo mundo brincando, e ela foi pregar peça no branquim.

— Que tipo de peça?

— Eu não vi como foi não, mas quando me dei conta, o branquim tava caído, todo picado de marimbondo e ela rindo, chamando os outros pra ver a desgraça do menino.

Carolina estava encolhida, morrendo de medo. Domingos enfurecido.

— O que foi que ocê fez, Carolina?

— Nada não, vô!

— Num mente pra mim! Inda mais numa hora dessa!

Domingos tinha uma implicância maior do que tudo com a mentira. De longe, ele era a pessoa mais capaz de discernir a mentira da verdade no Sapê do Norte. Ao lado dele, todos confiavam, era possível saber onde está se pisando e isso lhe rendia grande prestígio e liderança. Seu segredo, como gostava de dizer, é simples: a verdade cabe em qualqué lugar... a mentira não.

— Eu pedi pra ele me ajudar a pegar uma manga e tinha um cacho de marimbondo na folhagem.

— Diz a verdade, mana. A verdade pro vô.

— Tinha um cacho de marimbondo ou ocê fez de caso pensado, Carolina?

A menina não tinha coragem de admitir para si mesma e ficou muda. Domingos olhou para Nagô com a raiva que estava sentindo de Carolina, como se fosse culpa dele. Carolina só conseguia chorar:

— Ocê tá vendo isso, Nagô? Ocê tá vendo? Ocês num

cuida direito das cria de ocês e daí dá nisso. Uma menina marvada desse jeito. Desde pequena ela é ansim e ocês num fizero nada. Agora danô-se.

Nagô não disse nada, porque discordava do irmão. Se alguém tinha alguma culpa ali, era Domingos, que deixara o menino branco circular solto na comunidade.

— Agora, ocês sabe quem é esse minino? Neto do véio Sérvo. É agora que ele caba cum nóis de uma vez. Já foi nossa nascente, agora vai-se tudo.

Carolina se desesperou de vez.

— Para já com isso, minina! Me diga de que adianta essas lágrima de jacaré tua agora, Carolina? Vai trazê o minino de volta? Hein? Adianta de quê? Adianta é de nada!

Bete era de natureza mais prática:

— O que a gente pode fazer agora, vô Domingos?

— Vamos levá o minino pro hospital, ué?

— Mas como, vô? A gente não tem carro...

— Eu volto pra pegá o motor do bote e nóis desce o rio.

Então, Nagô falou, com os ares de quem fala pouco:

— Ele num guenta.

— Guenta sim, ué. Como que não?

— Num guenta, Okô.

Domingos sabia que quando Nagô dizia algo nessas condições, ainda mais o chamando de Okô, era porque tinha a certeza de quem habita o outro lado. Podia ser mentiroso com muita coisa, hábito que ele detestava no irmão, porque ele fazia para fazer os outros de bobo mesmo, mas nessas coisas de cura, que era seu chamado, ele sabia bem. Como Domingos dizia: "Meu irmão é daqueles que rouba a mandioca e deixa em pé. Pensa numa pessoa boa. Mió de que eu! Se tivé que dá a vida por alguém, ele dá. Qualqué um".

— E se não guentá, Nagô, então, o que nóis faz?

— Deixa que io levo ele. Tem uma frô que dá conta disso. É raro encontrá, mas é o jeitcho, eu vou **bongá**.

Domingos ficou parado, tentando decidir entre os dois mundos: o dele e o do irmão. Parecia que ele dava voltas e voltas e todas as estradas o levavam para a mesma encruzilhada desde a infância. Visualizou como seria a correria atrás de motor para o barco, o menino todo inchado sendo levado pelo rio naquela maré contra debaixo do sol do meio-dia, chegar na cidade e todo mundo olhando os negros carregando o menino branco naquelas condições. Se ao menos ele tivesse um carro, mas daquele jeito Domingos soube que não ia ser bom. Talvez fossem até presos no caminho. Iam achar que eles que fizeram isso com o menino. E, de certa forma, foi mesmo.

Por outro lado, ficou pensando em Nagô carregando o menino pelas matas nas costas, deitando ele sobre folhas e fazendo feitiço no menino. Era a forma como eles tinham sido cuidados pela avó deles, isso é certo. Podia sentir o cheiro do dendê de bisavó Cecília subindo da panela naqueles tempos difíceis. Aquele passado que não saía de dentro deles. Era o jeito, porque naquela época nem mesmo tinha médico na região. Agora, de novo, parecia que o médico estava longe demais deles, e sabe-se lá se os feiticeiros dos brancos iam saber lidar com picada de marimbondo igual àquela. Não tinha jeito, o pêndulo dentro de Domingos pendia para Nagô.

— Arre! **Intonce** leva logo esse minino.

— Vou precisá de Teodorico.

— Meu neto?! Nem de jeito ninhum que ocê vai levá meu neto pro mato.

Teodorico gostava de Nagô, o tio-avô distante e misterioso, sempre vivendo nas matas.

Pediu para Domingos deixar:

— Deixa eu ir, vô! Eu quero ajudá. O gazo é meu amigo.

— De jeito nenhum! O que é que eu vou dizê pra tua vó?

— Que eu fui ajudá a salvá o minino, ué.

— Domingo, presta assunto que o causo é sério. Eu careço da ajuda dele.

— Ôxi, intonce por que ocê num leva a Bete, que é da tua banda?

— Tem de sê macho.

Domingos ficava furioso com essas mandações de Nagô. Tinha que ser assim, tinha que ser assado, nesse reino da floresta em que ele vivia, tudo tinha que ser do jeito dele! Tinha que ser macho, tinha que achar a planta certa, o fumo certo, a pedra certa. Arre, desgraça de vida. E que escolha ele tinha? Aquele era o mundo, irrevogavelmente, seu mundo de origem, e ele sabia de onde vinham aquelas demandas, ainda que tivesse migrado para o outro lado.

Ele era o embaixador da família por natureza. O patriarca, que cuidava das mulheres e das crianças todas. O diálogo com o asfalto, também. A morte do pai deixara essa herança cindida entre os dois filhos nascidos no mundo cindido.

— Arre, então tá bom, Nagô. Se ocê diz que tem de sê macho, tem de sê macho. Vão-se embora ocês. Eu sigo cuidando dos protesto das muié tudo e da ira do mundo dos branco nas costa, que já já o vô do minino chega por aqui queimando fogo.

Nagô o abraçou com um olhar.

Domingos fez o caminho de volta para Cupuba sem conseguir se desligar do diálogo com seu irmão Nagô. Enquanto caminhava, se pegou cantando um samba de São Benedito:

É de vera, companheiro
Nós somos amigos irmão
São Benedito é de ouro
É de ouro, é de prata, é diamanto
Oi, no samba pode deixá
Que eu agaranto

Era uma toada do samba de São Benedito que eles tocavam todos os anos, quando saíam **esmolando** de casa em casa em várias comunidades e fazendas da região para reunir o dinheiro necessário para receber todos bem nos dias de ensaio geral e da festa. Carregavam um pequeno **oratório** de São Benedito, cantando ao som de uma caixa tocada com dois **cambitos**, de pandeiros e de uma sanfona de oito baixos. As mulheres das comunidades visitadas dançavam com seus passos miúdos e arrastados em reverência ao santo.

Domingos foi pensando no quanto ele fizera na vida para garantir que a Festa de São Benedito acontecesse, porque aquilo tinha valor. Desde tempos mais difíceis, seus antepassados trabalhavam duro para dar conta de louvar o santo negro com dignidade, garantir a janta pra todo mundo e as roupas novas. Ele próprio voltava a ser Okô, como dizia seu irmão, já **brocara tanta mata** ou capinara **macega** para manter o seu roçado e jamais faltar nada durante a festança. Será que agora eles não iam dar conta? Será possível que justo sob a sua batuta, o pai já falecido, a festa pudesse degringolar e o santo ficar sem a festa dele? Não era possível.

Chegou de volta em casa e o terreiro estava sendo limpo pelos parentes que rastelavam folhas, restos de galhos secos e caroços de frutas apodrecidas. As galinhas iam ciscando, atrapalhando o trabalho de juntar aquilo em pequenas pilhas. Viu-os tacar fogo, incensando o passado para abrir caminhos para o futuro. Foram meses de preparo para a festa. Do outro lado, ouviam-se os martelos pregando toras de madeira que enquadravam as barraquinhas de bolinho de aipim, de cuscuz de tapioca, canjica branca e preta (com amendoim). Tudo como o povo gosta. Antes do entardecer, aquele terreiro estaria repleto de gente, inclusive os vassalos, os apoiadores da festa, tudo pronto para assistir ao ensaio geral do Ticumbi e depois dançar a noite toda ao som da sanfona. Agora, essa história de menino branco com Nagô na mata. Como é que ia ser?

Conceição viu que Domingos estava injuriado.

— Que foi, hómi?

— Arre, que foi, que foi! Divinha só o que é que foi?!

— Branquim?

— E o que mais? O que é que mais podia dá pobrema pra nóis?

Domingos saiu feito um raio, deixando Conceição com sua faca em riste, dessa vez pronta para cortar o pescoço de mais uma galinha. Suas irmãs gritavam de longe:

— Vem logo, Conceição!

Estavam prontas para, em série, depenar, cortar, limpar e assim ir aprontando a janta.

Não tardaria para que chegassem os congos todinhos com as mulheres e os filhos, tudo animado para a festa. Ela resolveu não se avexar e continuou focada nas suas tarefas de corte.

Enquanto isso, na mata, Nagô tinha carregado Fred até seu refúgio e o deitado na rede de palha que ele mesmo tecera. Nessas horas, lembrava de sua bisavó Cecília, que trouxe todo o conhecimento com ela de outro continente, onde era conhecida por Matamba. Não veio escravizada não, disso se orgulhava. Na África, sim, tinha sido escravizada por um povo inimigo, mas foi alforriada lá ainda pelo pai. Veio com 21 anos, já casada, para Porto Seguro. Só falava a língua dela e assim o fez até a morte, orgulhosa que era. Bisavó Cecília que criou a ele e Okô, enquanto mãe Berta trabalhava nas fazendas. Eram um povo criado por avós, os quilombolas, enquanto os pais se perdiam pelo mundo ou trabalhavam. Suas memórias de infância eram todas na língua-mãe e é nela que ele exerce seu ofício.

O que a bisa contou, ele não esqueceu. Foi batizado no mato e sempre guardaria o que aprendeu. Chamou Teodorico para perto, viu a direção do vento e fez a reza. O vento é para as pessoas como as correntezas são para os peixes, mas poucos sabem ler o vento e, portanto, se deixam levar ao léu. São barcos sem prumo, tristes vidas. Depois, tacou o dendê na panela e alinhou sete ovos azuis, coisa rara de reunir. Ordenou os coriscos que ele colhia em noites de trovão, que é quando eles mais gostam de cair do céu. Cada um tem a sua propriedade. A pedra lisinha é de Santa Bárbara, como o povo **carola** diz. Matamba ou Yansã, de fato. A pedra comprida é de São Sebastião. Mutakalambo ou Oxóssi, de fato. Ia começar a **cabula**.

Era preciso encontrar a flor, o que não era fácil. Nunca foi e agora muito menos. Foi uma das mais afetadas pela mudança no clima da região desde a chegada das plantações de eucaliptos. O branquinho estava estabilizado, então, agora era hora de ir atrás dela. Seguiu a trilha contando histórias para o sobrinho-neto, para ele ir aprendendo alguma coisa. Não era uma história de final feliz, mas era engraçada mesmo assim, Nagô avisou. É sobre como seu outro tio-avô morreu, o Gonçalo, por conta do **encabulo** do porco.

— Conta, vô!

— Ihhh... que aqui inhantes era tudo terra nossa. Um **cadinho** aqui, outro cadinho ali, as roça no meio. Daí, tudo começô por conta do tal do vizinho do Gonçalo, Sô Antônio. Vô Gonçalo, uns dizia que tinha o demônio nas tripa, porque vira e mexe ele abria as cerca dos porco dele e deixava eles corrê livre. Achava que porco em cerca era coisa de branco. Cerca deitada, de **bardrame**, sabe cumé?

— Sei não, vô!

— **Pau a pique**, **estuque** como ocês diz hoje. Mas sem o barro.

— Pois sim, vô.

— Pois intonce, vira e mexe, o Gonçalo abria as cerça dele e os porco voroçava a roça de Sô Antônio. Daí, naquela época já tinha delegacia, intonce, o tal Sô Antônio foi e deu parte de Gonçalo pro delegado. Mania de coisa de branco que tinha aquele homi! Sei que o delegado deu razão e disse que Gonçalo tinha que pagá ele de volta pélas roça destruída. Apesar de que Gonçalo era filho de bisavó Cecília, ela achô foi bom. Disse que a culpa era de Gonçalo mesmo. Daí, sabe o que Sô Antônio fez?

— Sei não, vô. Conta!

— Fez foi mudá de ideia. Danado aquele era também. Disse que num queria recebê mais nada não. Só que a partir daí, Gonçalo ficô foi arretado de tê passado pela vergonha que passô, negóço de delegacia e daí pronto, foi fazê feitiço bruto pro outro.

— Eita, vô.

— Pois fez, sim.

— Mas ôxi, vô. Mas num era o Gonçalo que tinha feito o errado mêmo?!

— Pois sim. Só que o que é o errado? Depende do jeitcho que ocê vê.

Teodorìco ia ouvindo a história, que parecia meio confusa, sempre de olho na mata, para ver se achava a tal da flor que tinha uma semente que parecia olho de um boi. Deixava entrar a história, confiando em Nagô.

— Gonçalo ficou foi avexado dele mexê com as lei dos branco contra ele e, com a vergonha que passô, resolveu passá na mesa de Santa Maria e encomendá um trabaio. Foi lá, arrumô meia cachaça, uns fumo e as vela.

— E tem isso de feitiço bruto, vô?

— Ihhh... tem não? Eu acho é que tem. Sei que seu vô tava indo lá pras bandas da Roda D'Água naquele dia, amontado numa égua, e a égua, quando passô por cima do córgo que tinha ali, parô. De lá ele viu uma cachaça no canto e sabe o que ele fez?

— Saiu correndo, vô?

— Ah... saiu nada. Fez foi bebê tudinho e enloucô!

— Ficô louco?

— Loquinho da Silva.

— Ôxi. E num era ele que tinha feito o despacho pro outro?

— Pois, sim. Daí, sei que o povo achô ele e foi atrás de sua bisa Cecília para ela fazê um chá pra curá o filho. Ela fazia cada chá... tinha inté um chá de tomate que colocava qualqué um na cova. Cabra mijava inté a morte.

— É memo, vô?

— Si é. Mas sabe o que ela disse?

— Sei não, vô.

— Disse que num ia dá cura coisa nenhuma. Porque ela tinha avisado e que Gonçalo era teimoso. Tinha era que pagá o feito dele.

— Eita!

— Daí, pronto. Foi isso. O malucado acabô tropeçando numa vala e morreu: Bisavó Cecília acatô tudinho, despois chorô e enterrô o fio.

Teodorico achava que estava faltando uma perna da história, mas aquilo fazia sentido ao mesmo tempo. Não sabia bem explicar e, também, não queria questionar Nagô, que contava bem demais as suas histórias, herança que ele tinha. Ficou de olho na planta pra salvar a vida do branquinho e continuou ouvindo. Nessa hora, Nagô parou, pegou um bastão que carregava consigo e riscou dois círculos na areia: o da noite e o do dia, ele explicou para o sobrinho-neto. No meio, as duas esferas se cruzavam, porque há um período da noite que não é dia. Que não é nem uma coisa nem outra. Uns chamam de crepúsculo. Teodorico não entendeu o que aquilo tinha a ver com a história, mas é certo que ele criou um ambiente sinistro com o risco que fez e isso prendeu sua atenção.

— Daí, Teodorico, foi na missa de sétimo dia do fio que ela fez o acerto.

— É memo?

— Intão. Num deu duas semana e o fio do tal Antônio ficô foi alijado. De uma hora pra outra. Acordô, tava alijado.

— É memo, vô? Alijado?!

— É, sim. Ficô foi manco. E mais, num deu dois ano, foi morto.

— Eita. E foi como?

— Ansim, um caçadô atirô pra matá um veado e a bala atravessô a cabeça do menino de Sô Antônio. Dentro de casa.

— E aqui tem veado, vô?

— Já teve muitcho. Mas ainda tem, sim.

— Nunca vi, não.

— Daí, pronto, a bisa descansô da tristeza de perdê o fio preferido dela.

— Mas vô, num era mais fácil a bisa tê salvo o fio de que deixá ele morrê pra ela tê que se vingá do outro?

— Ah, ocê é esperto. Só que aí é que tá. O mais fácil nem sempre é o mais certo.

— E isso é história ou foi acontecido, vô?

— I ocê acha que eu ia inventá estória pra ocê?

— Num sei, ora!

— Mutcho bem, meu neto. Eu posso tá falando mentira e tá falando a verdade ao mesmo tempo. É difícil sabê, mas ocê tem que se atentá pra isso.

— Me conta, intão? Só dessa vez? Foi verdade ou mentira?

— Nesse caso foi os dois: é estória e foi acontecido.

Enquanto Nagô transformava o que não tem pé nem cabeça em história para Teodorico, Domingos se sentou no tamborete da varanda com os congos que já estavam reunidos, puxou a sanfona e resolveu botar os camaradas pra esquentar os pandeiros e a goela. Estava formado o forró de sapezeiro. Depois, num intervalo, se pôs a contar o ocorrido para Bibi e Gilvan.

Bibi era o **mestre** na arte de fazer pandeiros com couro de veado, aro de aroeira e **tarugo**. Gilvan era o congo mais novo até então (Viriato tomaria sua caçulice naquela noite) e adorava as histórias de Domingos, a quem tinha como um segundo pai. Sua história favorita era de quando o embaixador do Rei de Congo pescou uma onça que encontrou dormindo na sua canoa. Como que a onça foi parar na canoa? Até hoje não se sabe. Só que ela deu um salto na água e o habilidoso pescador bateu a tarrafa em cima dela.

Acreditar nas histórias dos mais velhos, por mais mirabolantes que elas pudessem parecer, era ponto de honra na comunidade, afinal, todos sabiam o que sempre se leva da história, mesmo quando falta perna.

— Intonce, a minina disse pro branquim ajudá ela a pegá a manga e o minino todo atrapaiado com os óculo de fundo de garrafa dele num viu foi nada de manga. Ela foi dizendo mais pras deretcha, mais pras deretcha, inté que a manga virô foi um cacho de marimbondo, tapiucaba ainda, e pronto, o branquim atiçô a raiva dos bicho com as cutucação e eles atacaro ele todinho. Branquim caiu estirado no chão, todo pintado de ferrada.

— E Nagô levô o branquim pra dentro da mata?

— Levô. Tô te contando.

— E o sinhô dexô, tio Domingo?

— E o que é que eu ia fazê? Ocê acha que eu vinha cá buscá o motor do bote pra descê o rio com a maré enchendo contra nóis? Era chegá na cidade e o minino já tava morto. E ainda ia sobrá pra nóis tudo!

— Ocê acha que Nagô salva ele? O sinhô num tinha dito que ele era mentiroso?

— Mentiroso ele é, isso é coisa certa. Desde criança ele prega mentira, até sem necessidade ninhuma. Agora, é fato que ele foi criado mais pela minha finada bisavó Cecília, a Matamba afamada, que sabia mexê com o outro lado. Despois que ela começava aqueles trabaio batendo palma no centro da mata, qualqué um podia bongá que num achava de jeito ninhum, ninhum mesmo.

— Eita, Deus a tenha. Viva São Benedito!

— Naquela época, eles era os médico nosso, né não? Alguma coisa eles devia de sabê.

— Deus queira, Sô Domingo.

— Daí, por conta de vivê entre os dois mundo, foi que ele ficô mentiroso. Inté quando diz a verdade, ele pode tá mentindo!

— Cumé que isso funciona? Dá para sê mentira e verdade ao mesmo tempo?

— I ocê já num viu os desavisado passá mentira adiante, achando que é verdade?

Domingos havia pensado em todas as formas em que a mentira se manifesta, não escapava uma!

— Eita, Gilvan, ocê num tem idade ainda pra sabê a risca entre a mentira e a magia.

Viriato passara a tarde desavisado preparando-se para o ensaio e estava pocando lenha, quando viu que seu vô Domingos se apartou de todos, levando um tempo em silêncio. Em dia de festa, ensaio geral em casa, e o vô daquele jeito longe dos companheiros? Viu que algo estranho devia ter acontecido e foi até lá pra saber do que se tratava:

— A bênção, vô.

— Deus te faça feliz. Ocê tava onde? Eu tava querendo falá com ocê desde cedo.

— Tava finalizando tudo para o ensaio, vô. O que foi que aconteceu?

— Foi o branquim, que se meteu em enrascada.

Um frio estranho percorreu a espinha de Viriato.

— Que enrascada, vô?

— Culpa da tal de Carolina. Que minina virada aquela, hein. Ocê tem que pensá bem o que ocê qué pra tua vida. Só São Benedito pra salvá aquela dali.

— Ela não é nada minha não, vô. O que foi que aconteceu? Tá me deixando nervoso.

— Eu tava contando ali pra Bibi e Gilvan que essa minina foi lá e pediu pro branquim ajudá ela a pegá uma manga, só que a manga virô foi um cacho de marimbondo, e dos pior que tem, que é o tapiucaba. Daí, pronto, cheguei lá e o minino tava estirado no chão!

Viriato imediatamente visualizou as consequências, antes mesmo de sentir qualquer coisa. Era guiado pela razão:

— Já avisaram o avô dele?

— Nada, nem pensemo nisso! O mió é evitá.

— Quem tá cuidando dele, vô?

— Tá nas mão de Nagô.

Viriato respirou fundo, um ar pesado, sabendo que Fred estava em boas mãos. Soube que o que podia ser feito por ele, seria feito. Ao mesmo tempo, isso tinha um significado.

— Foi preciso isso, então?

— Foi, fio, o branquim tava muito mal.

— Quanto tempo vai demorar a cura?

— Nagô disse que tinha que achá uma planta que tá rareada, desde a chegada dos eucaripto. Tá com Teodorico na mata.

— A bênção, vô. Vou correr até o sítio para avisar Totonho. Assim, ele ganha tempo, distrai o velho Sérvulo pra gente manter a festa.

O ensaio geral do Baile de Congo de São Benedito ia sendo atravessado pela tragédia que ocorrera com o branquinho. Havia desordem e ordem nisso, já que a coroação do Rei de Congo, todo ano e há alguns séculos, espelha a luta cotidiana do encontro dos povos da mata com os povos das cercas. Os bambas jamais conheceram as cercas e os congos não se sentiam bem fora delas, então, como viver juntos? Como impedir que os porcos de uns não destruam as plantações dos outros? Como impedir que as cercas de uns não atrapalhem a passagem dos outros? Isso demandava muito ensaio e arte — essa que era encenada todo ano desde a conversão do primeiro africano ao cristianismo.

As primeiras estrelas despontavam no céu, pintado de tons de rosa até o azul-escuro ao alto, quando Viriato surgiu por entre as goiabeiras do terreiro de Sérvulo para avisar Totonho do ocorrido. Por sorte, ele pocava lenha bem na porta da cozinha. Viriato se acomodou atrás de um tronco mais grosso e tentou chamá-lo num tom parecido com o de um pássaro qualquer:

— Totó-nhu!

De tão compenetrado, Totonho não ouviu o chamado. Dava para ver pela janela Luzia circulando pela cozinha preparando o jantar. Viu quando Sérvulo apareceu para pegar um copo de água. Ele perguntou algo para Luzia, que fez que não com a cabeça. O velho não estava com a cara nada boa. Na certa, estranhava a ausência de Fred. Devia esperar escurecer de vez para chamar a atenção de Totonho, mas, se demorasse muito, até voltar o caminho todo, por mais ágil que fosse, se atrasaria para o ensaio geral. Depois de tanto trabalho o ano todo.... que droga!

— Totó-nhu!!! É o Viriato.

Totonho ouviu algo e ficou olhando a distância, mas não conseguiu enxergar Viriato.

Não via muito bem de longe.

— Totonho!!!

Viriato se arriscou um pouco, mas era necessário. O tio se atentou que havia alguém ali e foi caminhando pelo terreiro, como se procurasse algo.

— Aqui, Totonho! É Viriato.

Totonho pegou um balde e aproximou-se da goiabeira para pegar umas goiabas maduras. Olhou bem no olhos de Viriato, como quem diz: "O que é que ocê tá fazendo aqui, minino? Num me traz notícia ruim". Viriato não tinha como corresponder ao seu olhar.

— Tio, o menino branco se acidentou no mato.

O olho branco de Totonho se agigantou.

— Eita, que o véio tá é cuspindo fogo aqui desde manhã atrás do neto dele.

— Pois é, tio. O pior aconteceu. Pior mesmo.

— Foi quê?

— Ataque de tapiucaba.

— Ôxi. Por que ocês num trouxero ele de volta pra casa?!

— Ele tá com Nagô na mata.

— Valei-me, São Benedito. Ocês fizero isso, foi? O véio mata nóis.

— Foi julgamento de vô Domingos que o menino não aguentava ir pra cidade.

— Eita, intão, foi sério demais.

— Em nome de Ossãim, foi sim. O menino tá

entre esse e o outro mundo. Agora, Totonho, você tem que nos ajudar a ganhar tempo.

— O véio já tá com a pulga atrás da orêia. Ainda agora veio na cozinha dizê que se o Fred num voltá inté a boca da noite, vai mandá nóis em busca dele.

— Faz isso, tio. Diz que vai procurar o menino e some por essas matas.

— E Luzia?

— Deixa ela aqui.

— Ela ia pro ensaio, que é a única noite que ela vê as irmã tudo. Se eu saí, ele vai pedi pra ela ficá, que o véio num fica só.

— Pois é. Foi tudo malfadado. Eu também corro risco de perder meu primeiro ensaio geral. Mas a vida do Fred tá em risco. E todo o resto, porque se ele morrer, já viu...

Como um corvo, Sérvulo deu um grito da porta da cozinha, que fez os dois se arrepiarem da goia-beira:

— Totonho!!!!!!!!!!!!!!!!!!!!!!!!!!!

Habituado a manter a calma, Totonho respondeu com tranquilidade:

— Tô aqui, Seu Sérvo. Catando umas goiaba pra fazê o doce que o minino gosta, pra quando ele voltá.

Nisso, Viriato desapareceu pela mata, com a agilidade de Oxóssi que lhe cabia.

— E quem disse que é pra fazer goiabada numa hora dessa? Que ideia!

— Ôxi, Seu Sérvo, vi as goiaba tudo madura ali e resolvi catá.

— Você tá estranho, Totonho.

— Tô não, Seu Sérvo. Fui só ali catá umas goiaba.

— Olha só, eu não tô gostando nada desse desaparecimento do Fred. Tenho certeza de que ele está lá com os da tua aldeia.

— Será? O sinhô num tinha proibido ele de ir pra lá?

— Tinha. Mas, hoje em dia, qual é o jovem que obedece aos pais? Quanto mais os avós! Quero que você vá lá e volte pra me dar notícias. Sem demora.

— Sim, sinhô.

Totonho foi para o seu barraco se arrumar para sair para o mato. Para fazer hora, na verdade, porque já sabia o paradeiro do menino. Tinha que simular para o tempo passar e Nagô ter tempo de agir. Luzia veio correndo saber o que estava acontecendo e Totonho contou baixinho para ela o ocorrido. A mulher ficou foi triste, tanto porque não ia poder ir ao ensaio geral quanto porque sabia que o menino Fred era alma pura e não merecia isso. Por último, apesar dos pesares, ela ficou triste por Seu Sérvulo, porque ele não era uma alma boa, mas o melhor dele era o que ele dava para o neto. O velho ia rachar no meio se acontecesse algo com o menino.

— São Benedito nos ajude! Deus queira que fique tudo bem!

— Ocê devia tá fazendo reza pra Ossãim nessa hora.

— Vixe, Totonho. Por que ocê diz isso?

— A vida do minino tá nas mão de Nagô.

Nesse momento, Luzia pasmou. Levou as mãos à boca e fez o sinal da cruz. Ela era das mais cristãs entre os de

Cupuba, até por ter assumido essa função como doméstica. Longe da comunidade, muitas vezes, encontrava consolo na Bíblia que ganhara dos evangélicos que vinham visitar o sítio. Longe das histórias de seus avós e das risadas das irmãs, na solidão das noites, foi aprendendo a ler aquelas histórias de outros povos. Eram histórias interessantes, verdade seja dita. Vira e mexe uma nova dupla de missionários passava lá e ficava conversando com ela durante horas, daí é que dava ânimo mesmo. Para dizer bem a verdade, uma vez, ela até pôs o pé dentro da assembleia deles quando esteve na cidade.

— Por que foi que eles fizero isso, meu Jesus?

— Foi Domingo que decidiu...

Como Domingos era o eixo comunitário, mediador dos dois mundos, isso dizia tudo.

Luzia ficou aterrorizada.

— Intão...

— O causo é sério.

Nessa hora, Sérvulo apareceu na porta do barraco:

— O que vocês dois estão fofocando aí, hein? Não me digam que estão de namorico nessa idade?

— Imagina, Seu Sérvo, Totonho é meu primo.

— E ser primo algum dia impediu rame-rame entre vocês? Eu mandei Totonho ir atrás do Fred. Que demora é essa?

— Tô indo, Seu Sérvo, vim aqui me trocá e Luzia veio sabê onde eu ia, porque hoje era folga dela.

— Pois é, mas agora não é folga nem sua nem dela. Não precisa se trocar. Corre e vai ver o que está acontecendo com o meu neto que eu já estou agoniado.

— Tô indo já.

— Senão, eu mesmo vou!

Luzia fez o sinal da cruz, imaginando a cena. Ficou assustada de verdade, o que espantou Sérvulo.

— Que foi isso, Luzia? Ficou com medo, é?

— Não, Seu Sérvo. É que hoje é noite de ensaio geral do Ticumbi. O povo ia levá um susto de vê o sinhô lá!

— Ticumbi, Ticumbi. Noite de macumba, você quer dizer, né?

— Num é macumba não, Seu Sérvo. Deus me livre! É festa cristã.

— Eu já vi aquela bagunça disfarçada de vocês na frente da igreja matriz, coisa pra inglês ver. — O padre faz aquela cara de songo-mongo de que não sabe. Fica todo mundo ali achando uma beleza. Eu sei bem.

— É bonito. O sinhô ia gostá.

— Totonho, você tá aí ainda, nego?

— Tô indo, Seu Sérvo. Tô indo.

— Mas você é devagar mesmo... vamos! Agilize! Meu neto pode estar correndo perigo.

Totonho pegou o rumo da plantação. Adotou passo normal. Não tinha por que correr e, na idade dele, estava cansado de fazer teatrinho para Seu Sérvulo. Pequenos passos de protesto. Depois de tantos anos trabalhando ali, sabia que o velho não tinha coragem o bastante para ir até o Córrego da Cupuba. Ainda mais sem ele ao lado.

Sérvulo ficou esticando seus olhos compridos em Totonho seguindo seu rumo na trilha e Luzia ficou observando Seu Sérvulo olhando Totonho. Ela tinha aprendido a não desgostar do velho, apesar dessa mania que ele tinha de falar grosso e insultar Totonho, e até ela às vezes, quando estava nervoso. Verdade que o velho queria tudo do jeito dele, mas de resto ele não era nem melhor nem pior que os outros. Luzia se lembrava sempre do que seu pai lhe dizia sobre sua mãe, que era alcoólatra e muitas vezes espancava os filhos, mas tinha bom coração: "Há defeitos piores". Esse foi o legado que seu pai deixou para ela: aceitar os defeitos das pessoas.

— Arreta não, Seu Sérvo. O minino deve de tê perdido a hora no meio da brincadeira. Hoje tá uma festança lá na Cupuba.

— Você acha, Luzia?

— Claro. O sinhô também não ameaçô de chamá o pai dele? Ele ficô com medo de não podê mais ir e tá lá aproveitando o que pode.

— Pois é, Luzia. Eu sou esquentado mesmo. Não é todo mundo que entende meu jeito. Depois, de noite, eu pensei melhor. Tinha decidido que ia deixar ele ficar, mas quando acordei ele já não estava mais aqui...

— Já já ele volta, Seu Sérvo.

— Deus queira, Luzia. Estou com um aperto no peito, sentindo uma coisa ruim.

Luzia ficou dividida entre dizer a verdade para ele ali mesmo e continuar escondendo o que acontecera. Pensou em Fred no meio da mata, sendo cuidado por Nagô. Sabia que Sérvulo jamais deixaria isso acontecer. Ia querer levar o garoto para o hospital dos brancos, talvez até ir direto para Vitória. Mas, se Domingos achou que era a única forma de salvar o menino, certamente fez o que era preciso. Domingos era o equilíbrio de todos eles e Luzia confiava nele. Resolveu, então, adensar a oração para São Benedito. E, também, rezar para Ossãim. Mal não ia fazer.

10

Quando Totonho chegou na Cupuba, o ensaio geral já tinha começado. De longe, ouviu os fogos anunciando. O barracão estava todo iluminado, as barraquinhas de bebidas e comidas montadas, o povo das comunidades todas marcando presença. Era curioso que ele ficava triste toda vez que conseguia chegar para a festa, o que era coisa rara. Em geral, deixava Luzia ir. Por um lado, era bom estar ali, mas por outro era estranho festejar sem ter passado por tudo o que se exige ao longo do ano — o trabalho extra, o planejamento e a devoção. Foi-se o tempo em que ele esmolava nas comunidades e fazendas da região com os irmãos, pocava a lenha, ajudava a matar o porco, rastelava o terreiro, coisas árduas até, mas que eles faziam juntos. Eram as tarefas que uniam todos em torno da festa. Totonho tinha aceitado a função dele na comunidade, de ser aquele que trabalhava para fora. O velho Acendino dissera antes de morrer: "Totonho é quem deve trabaiá pra fora". Ele cumpriria a decisão do ancião. Mas, a nostalgia, quem é que arranca de nós?

Os congos estavam todos alinhados. Os guias, à frente, eram mestre Zezo e Miltinho. O guizo dos pandeiros não parava. O Rei de Bamba, Toninho, estava sentado ao lado de seu embaixador, Antônio Carlos, já no segundo ano na função. O Rei de Congo, Jonas, estava sentado ao lado de seu embaixador, Domingos. Totonho lembrou-se da sua época de congo. Era uma honra e era divertido, mas dava trabalho demais e mestre Zezo era exigente que só. Dizia até: "Se participá, tem que honrá. Senão, tem castigo divino!". Não podia atrasar nem 1 minuto, nem aparecer sujo, nem beber em dia de ensaio. "Tem que sê hómi pra guentá", dizia também. Que era bonito era. Que era difícil, era também. E o pior é que depois que entra, se o cabra sai, é facada no coração dos pais.

Totonho procurou Viriato, que tinha todos os olhos voltados para ele nessa estreia tão esperada na escola do Ticumbi. Ele estava segurando bem o ritmo. Estava bonito à beça e lembrava tanto a mãe dele! A tristeza da vida de Totonho foi a morte de Dália naquela enchente sem sentido. Será que foi mesmo afogamento? No fundo, sempre achou que ela se deixou levar por Dandalunda, sem superar o fato de o pai de Viriato ter caído no mundo daquele jeito depois de tantas promessas feitas. Se ao menos ele, Totonho, tivesse tido a coragem de se pronunciar mais cedo sobre a disposição dele de criar o menino ao lado dela... Vai saber... São as coisas que a gente depois passa a vida toda se arrependendo.

— Totonho! Ocê veio?!

Aquela voz alegre só podia ser de Margarida, a moça mais alegre que já existiu naquele canto do mundo. O tempo passava e ela continuava sempre menina como na infância. Como ela ficava contente em vê-lo! Talvez devesse ter tentado ser feliz a seu lado, mas depois de tanta tristeza vivida com Dália o pensamento de macular a vibração positiva dela lhe pareceu algo injusto e sem sentido. Deu um abraço fraterno na namoradinha de adolescência que depois se casou com um primo distante, teve um filho e continuou a mesma. Margarida tinha o dom de ser feliz.

— Eita, Margarida. Como é que tá Teodorico?

— Teodorico tá no mato com Nagô. Tá sabendo, né?

— Tô, sim. Num tivero notícia inda não?

— Inda não, mas vai dá tudo certo! Bora tomá uma canjica?

— Bora que a noite vai sê longa.

— E longa que ela é boa mesmo, num é não? Essa noite nóis num dorme nem um instante. Vamos é virá ela. E óia que o rango tá bom demais.

— Conceição fez o porco?

— Claro! Tá uma maravilha! Eu que temperei o danado!

— Mas, assunta só, eu não sou mais congo nem acompanhante pra comê a janta do santo.

— Arre, hómi, para com isso. Ocê vai sempre fazê parte do Ticumbi. Sem ocê, o que é que ia sê de nóis, ué? Sem ocê nóis num tinha sustento que nóis carece aqui nessa terra não, ôxi!

— Se ocê diz, intão tá bom!

O ensaio geral do Ticumbi correu bem e Viriato foi festejado por todos ao final. Deu para notar que Domingos não estava alegre como de hábito. Manteve o olhar perdido durante o baile, como se pensasse em outra coisa. Na hora das embaixadas, Totonho reparou que ele deu até uns deslizes nas entradas, jogando **verso de pé-quebrado**, o que era raro, já que Domingos era considerado o melhor embaixador do Ticumbi de todos os tempos. Assim que pôde, chamou Totonho de lado:

— Ei, Totonho. Cumé que tá lá na casa do véio Sérvo?

— Tá tenso. O véio tá sentindo que a coisa num tá boa. E por aqui?

— Por aqui nada de nadinha. Nagô num deu notícia inda... tamo aqui, fazendo a reza forte pra São Benedito.

— E ocês vão corrê com a festa normal?

— Claro, ué. Nóis num para, não. Ocê sabe. Ao contrário, nóis acelera pra segurá a força. Vem tocá sanfona mais nóis?

— Claro!

Margarida fez questão de servir a janta de Totonho antes de ele tocar. Assim, ele foi se reambientando. Apreciou o tradicional porco de Conceição, também o arroz, o feijão, a farofa, a salada, o pirão e a moqueca, porque naquela noite era abundância que não se via o ano todo. Margarida contou foi muita história da criançada, que ela agora era merendeira na escola e, também, ajudava na igreja. Ele ficava sempre admirado com o jeito dela, com respeito ao primo que se casara com ela, claro, mas o sorriso dela, o jeito dela de usar as blusas caídas no ombro eram um ímã para ele. Só quando seu marido chegou que Totonho foi para o lado de Domingos puxar a sanfona.

Viriato mal jantou de preocupação e manteve-se ao lado de Domingos, tocando o pandeiro para espantar o medo. Dizem que o toque do pandeiro ou atrai ou espanta a morte, então, esforçava-se para que fosse a segunda opção. Sentia-se culpado por Fred, já que de alguma forma foi ele que o atraiu para lá, ainda que não quisesse de jeito algum. Não era obrigado a querer brincar com ele, mas afinal trocaram umas ideias legais de verdade. Era difícil admitir, mas acabou se apegando ao verdinho. A música era algo que vinha de dentro dele, então, agarrou-se a ela. Ao lado do avô, tinha que mantê-la viva a noite todinha para alegrar o santo até o amanhecer.

Atraídos pelo **fole** e pelas batidas dos pandeiros, os casais iam se formando para sarrar no forró de sapezeiro, fosse para se divertir ou namorar ou, ainda, para espantar o sono e os **maruins** que atacavam sem piedade. As horas avançavam e nada de Nagô aparecer com o menino. Em vez de desanimar, isso fez com que Domingos e Viriato, agora acompanhados por Totonho, tocassem com mais devoção ainda. Manter o ritmo da música era como manter o pulso de Fred, deitado em rede de palha no meio da mata. Eles precisavam mantê-lo vivo até Nagô achar a flor da cura. Para eles, o toque era uma forma de pedir a São Benedito que operasse um milagre.

Quando os galos madrugadeiros já começaram a cantar, surgiu Luzia enrolada num xale antigo. Vinha enviada de Sérvulo, na certa. Domingos não parou de tocar, apesar de seu coração ter dado um salto. As irmãs largaram de lavar a louça, porque a festa atravessa a noite também nas funções domésticas, e foram abraçá-la. Raramente viam Luzia, a escolhida entre elas por Acendino para trabalhar fora e ajudar no sustento da comunidade.

Luzia não sabia se sorria ou se chorava, porque era uma situação dramática, mas nada melhor do que enfrentá-la ao lado das irmãs. Ela sabia que o pior recairia sobre ela caso Fred não sobrevivesse, porque ela também se tornaria a ponte entre os mundos. Não tardou e ela ouviu a voz firme que a acompanhava nas noites mais sombrias, quando nem a Bíblia bastava:

— Posso tê a honra dessa dança?

Era Lázaro. Ele que sempre aguardava sua chegada com ansiedade na Festa de São Benedito. Jamais tomara qualquer liberdade, porque sabia que ela era destinada a cumprir sua função fora da comunidade e não a se casar. Era moça compromissada com sua missão, o que gerava ainda mais admiração nele. Só que isso não o impedia de sonhar em vê-la nas grandes festas, quando ele vinha do Angelim com seus irmãos mais velhos. Aguardava o ano todo por isso. Assim como ela, secretamente. Alguns amores são assim, silenciosos e eternos. Luzia deu um abraço mais forte que o usual no companheiro a distância, passando para ele a emoção que sentia por dentro.

— Tá tudo bem com ocê, Luzia?

— Ocê num tá sabendo do minino branco?

Lázaro ainda não sabia, assim como a maioria dos que tinham vindo das comunidades vizinhas. Domingos tomara a decisão de entregar o futuro da comunidade nas mãos de Nagô, o que nominalmente desafiava a lógica da fé de São Benedito. Para muitos, o santo que era filho de etíopes escravizados não veria contradição entre a prática tradicional de cura e o catolicismo, mas havia também os carolas, que rezavam o terço a ponto de passarem a ver como pecado as práticas do povo antigo. Era o caso de mestre Zezo, que, como todo líder, precisava arraigar um posicionamento firme contrário aos outros, seja lá para que lado fosse.

Domingos chamou Luzia para perto dele com um balançar de cabeça porque queria ter notícias. Ela foi até ele e contou que Sérvulo tinha chamado a polícia por volta das 10 horas da noite para iniciar as buscas. Depois, seguiu para a sede do município para falar pessoalmente com o delegado. Estava bravo que Totonho não tinha voltado logo, disse até que ia demiti-lo no amanhecer. Antes de sair com a caminhonete, disse que Luzia devia vir atrás de Totonho e, qualquer novidade, avisar direto na delegacia. Suas últimas palavras foram as de que ele confiava nela, mais do que em qualquer um. Luzia se emocionou, porque sabia que era verdade. Domingos achou bom o ocorrido e disse para Luzia se divertir, porque agora estava nas mãos de Deus.

Assim, a madrugada avançou para a fronteira do dia sem que a sanfona e os pandeiros repousassem. O trio Domingos, Viriato e Totonho não arregou. Domingos tinha idade avançada, mas o orgulho de sua alma não arrefecia. Aquele ritual era, também, a evocação de um passado de resistência física e mental que seus ancestrais desenvolveram para enfrentar tantas escravidões dos dois lados do oceano. Não sentiam sono nem cansaço, porque era como se nunca estivessem sós. Além dos parentes ali presentes, sentiam a presença dos que já tinham partido, de bisavó Cecília e vô Bento, dos tantos que derramaram sangue ali naquela terra para que eles pudessem continuar seu canto de resistência, alternância entre labuta e alegria.

Ao chegar na delegacia, Sérvulo ouviu do delegado que estava sem pessoal para fazer ações de busca, porque a virada do ano se aproximava e os policiais estavam ou de férias ou envolvidos no gerenciamento do grande movimento de pessoas que a cidade praiana recebia naquela época. Sérvulo ficou desesperado, mas não havia muito o que fazer diante do delegado solitário na delegacia, com apoio do escrivão sexagenário e o faxineiro. Colocou sua caminhonete à disposição e, também, ofereceu ajuda com combustível. Se fosse preciso pagar diárias extras para policiais que estavam de licença, ele pagaria. Em algum momento, o delegado se ofendeu, como se Sérvulo oferecesse propina, o que não era de fato. Tratava-se apenas do desespero de um velho diante de um Estado que, se por um lado interfere demais na vida dos cidadãos, por outro tem pouca capacidade para ajudar quando se precisa.

Teve que avisar o filho Lucas, que tinha acabado de chegar de uma boate com a namorada no Rio, sobre o sumiço de Fred. Esse, naturalmente, ficou desesperado e fulo da vida. Prometeu ir direto para o aeroporto pela manhã para tentar um voo de volta para Vitória, mas não sem antes culpar o pai.

— Como é que o senhor deixou ele ir pro mato com essa gente, pai? Eu confiei no senhor!

A mãe de Fred precisou ser avisada também, o que aumentou o drama familiar. A mesma frase veio dela:

— Por que é que o senhor deixou ele ir pra dentro do mato, Seu Sérvulo? Meu Deus do céu! Será que não posso ter um instante de paz quando ele fica com vocês?!

Ela também estaria a caminho pela manhã. Sérvulo ouviu tudo em silêncio. De que adiantava, agora, os três brigarem entre si? Sem Totonho ou Luzia, só podia mesmo contar com o filho e a nora. Voltou para casa para tentar descansar. Naquela noite, não havia o que fazer. O neto estava entregue a Deus, onde quer que ele estivesse.

Quando os raios de sol do último dia do ano iluminaram o céu foi que Domingos, finalmente, descansou a sanfona. Os que ainda dançavam gritaram de euforia:

— Viva São Benedito!

Partiram para acordar os que não resistiram e acabaram se deitando nas redes para descansar. As mulheres apareceram com café, bolo de massa **puba** e beiju para animar. Era hora de seguirem pela trilha na mata até o Porto Grande. A fila foi feita de gente com sono, gente meio bêbada, gente animada e gente muito emocionada. A toda hora se ouvia louvor a São Benedito: "Viva São Benedito!" A comunidade das Barreiras não era perto, mas era ponto de honra do Ticumbi ir até lá buscar o São Benedito das Piabas. Afinal, não era um santo qualquer, mas o próprio que abençoou e protegeu os caminhos de Benedito Meia-Légua, grande líder quilombola do Sapê do Norte dos tempos do cativeiro. Ele que era pura coragem e, com seus seguidores, arrombava as senzalas para liberar os cativos. Era negro tão negro que tinha até os olhos vermelhos!

Todos ali afirmavam que Benedito Meia-Légua carregava consigo, em seu **embornal**, a pequena imagem de São Benedito, seu padroeiro e protetor. Em todo o Sapê do Norte não houve um ser mais audaz. Os que ficaram livres antes da abolição, alcançando mais cedo o acalento da paz para formar quilombos de resistência, foram graças às ações dele.

Quilombos eram isso — lugares onde os ex-escravizados buscavam a paz. Meia-Légua tinha muitos seguidores, recrutas que se empolgavam com a luta. Eles se vestiam sempre igual a ele para despistar seus contrários. Toda vez que havia uma captura, fosse da polícia ou dos capitães do mato, quando alguém achava que tinha pego Benedito Meia-Légua, a questão que surgia era: "Mas será o Benedito? Será que é ele mesmo?"

Depois de muito tempo no **encalço** de Benedito Meia-Légua, os capitães do mato deram o bote feito uma cobra caninana. Espreitaram a armadilha naquele que tinha por hábito dormir no oco de um tronco caído de **pequi-vinagreiro**. Nem bem adormeceu e seus perseguidores atearam fogo no seu esconderijo. As labaredas pareciam tocar as estrelas. Quando as chamas se exauriram e as buscas pelo corpo se iniciaram, o único corpo encontrado foi o da pequena imagem de São Benedito. Nada dos restos mortais de Benedito Meia-Légua! E a imagem parecia intacta. Até hoje, quando perguntam se Benedito Meia-Légua morreu naquela ação, o povo diz: "Ele se encantô". De raiva, seus perseguidores jogaram a imagem do santo no Córrego das Piabas. Tempos depois, um pescador da comunidade de Barreiras a encontrou. Desde então, os pescadores das Barreiras tornaram-se os guardiões de São Benedito das Piabas.

Enquanto o Baile de Congo seguia caminho pela mata para homenagear São Benedito das Piabas, Domingos ficava de olho para ver se Nagô dava notícias. Devia estar ali no meio daquela mata. Podia dar alguma notícia, né? Os grupos de jongo foram se juntando à procissão, cada qual chegando ao porto em seu barco, porque bater jongos é uma forma de demonstrar gratidão ao santo e renovar os pedidos. Muitos fogos foram lançados. As moças iam dançando e rodando. Foram até o Porto Grande e nada. Mais fogos. Viriato também estava inquieto. O que significava essa demora em Nagô dar notícia? Por um lado, era sinal de que o desfecho ainda não tinha se dado — nem ruim, nem bom. Começaram a embarcar rumo às Barreiras no barco decorado com flores e fitas coloridas que ia compor a procissão fluvial.

Nagô os viu passar pela trilha em silêncio, emaranhado nos galhos. A mata era lugar de ver e não de ser visto. Era sempre difícil para Nagô ver aquela comoção em torno de um santo católico, ainda que fosse um santo negro. Ainda que ele soubesse o significado daquela escolha de seus irmãos, antes deles, do seu próprio pai, e bem antes deles, do próprio Rei de Congo. É nessa religião dos brancos que acontecem as mediações — que o couro amansa, como diz seu irmão Domingos. Só que não amansa de fato, sentia Nagô. Não o bastante. Ele era o único da família que não ingressava no mundo de embaixadores, festas e roupas bonitas. A procissão colorida passara diante de um Nagô nu e machucado da noite passada na mata, picado por todo tipo de inseto, com fome e frio. Em mãos, no entanto, Nagô tinha a flor que buscara — a rara flor de sumaré ou, como diriam outros, flor de oxumaré. Estava retornando para o casebre para aplicar no menino branco, que passara a noite queimando de febre sob os cuidados do menino Teodorico, seu único sobrinho de alma livre.

A derrota dos bambas era coisa antiga, dos tempos de África. Irreversível? Como dizia a letra do baile: "O Ticumbi nasceu na África, e aqui nesse Sertão". É coisa antiga. Só que vira e mexe Nagô recebia o chamado para solucionar o que não tinha mediação. Quando a ordem sucumbia, quando as falas bonitas dos embaixadores não surtiam efeito, era a ele que todos recorriam, reis e súditos, sem distinção. Na hora da dor, na hora da doença, na hora das perdas terríveis, recorriam ao faxineiro de almas. Só que, na hora de culto ao santo cristão, ninguém fazia reverência à mata, aos orixás e inquices que viviam ali, Òxóssi ou Ossãim, Mutakalambo ou Katendê. Nem mesmo pausaram em reverência, no afã de chegar à sua igreja. Passavam sem prestar respeito algum e disso Nagô sentia raiva, verdade seja dita.

Sua pele ardia para aceitar a função residual que havia sido reservada a ele no projeto de integração aos brancos no qual os irmãos tinham ingressado, pela razão que fosse. Razão alguma havia nisso, seu peito pulsava.

Nagô viu quando o barco se integrou a outros na procissão fluvial ensolarada, na direção de Barreiras. Ficou olhando até desaparecer a última bandeirinha na distância. Depois disso, ainda ficou ouvindo as batidas dos jongos, que navegam as ondas do som por mais tempo que as da visão, até elas também desaparecerem. Fechou os olhos e era como se ele pudesse ver o povo chegando na igrejinha de Barreiras e se amontoando para ver o santo e tocá-lo. Muitos choravam, agradecendo pelas bênçãos. Outros faziam seus pedidos com fé e desespero. Nagô via longe, via o que acontecia. A devoção ao santo cravava dentro dele, fazendo brotar o cinismo e a ironia. A respiração se adensou. Veio saudade de bisavó Cecília, a Matamba, de ouvi-la falar em kikongo e, principalmente, do cuidado que ela tinha com ele. Pela mão dela foi que ele conheceu o amor. Pela memória dela, ele viveria sempre à parte, não importa o quão árduo e solitário fosse, e manteria acesa a chama.

"O povo branco é ardiloso" — pensou Nagô. Uns acham que eles dominam os negros na ponta da faca, mas morrer com bala no peito não mata um filho de Nkosi, de Ogum. Morre um aqui e se erguem outros tantos ali. Uns achavam que os negros caem quando são levados ao trabalho forçado, mas correntes nos pés não prendem um filho de Nzazi, de Xangô. O corpo morto ou cativo não faz o mesmo da alma. Uns acham que é quando eles proíbem a fala das línguas bantu ou do iorubá, ou mesmo os rituais, mas até nisso Oxóssi, Mutakalambo, Katendê e Ossãim dão jeito, se embrenhando nas matas. O perigo mesmo é quando eles chegam de mansinho com suas igrejas e escolas — irmãs siamesas do horror branco. É daí que tudo se perde, porque é quando a voz deles entra dentro de nós, até que nem nós mesmos conseguimos mais ouvir nossa voz. Nada é mais triste do que um negro que fala feito os brancos. Quando se aprende a falar do modo tido como certo é que tudo se perde. Até então, está tudo salvo. Nessa encruzilhada se pede que os caminhos estejam abertos. Kiua, Nganga Pambu Njila! Laroyê, Bará!

Depois de um bom tempo ali, apaziguando dentro de si o descompasso entre os mundos, Nagô pegou o rumo do seu casebre. Era hora de operar magia em kikongo para salvar a vida do menino branco. Era hora de ensinar a um menino a magia do povo dele, que Domingos sabia que Teodorico não tinha vindo à toa para a mata com ele. Num raio de visão, ele viu que daqui a cem anos haveria ainda um Nagô ali, filho de Teodorico, caminhando por aquela mesma mata e sangrando a noite como ele fazia agora. Caminharam lado a lado, os mortos, os vivos, os que estavam para nascer e as forças da natureza até o casebre de madeira. Assim, teve a certeza de que ele faria a cura do menino branco irradiar pelo quilombo. Não estava só. Sim, haveria quem louvasse o santo, quem achasse que o santo operou milagre, mas quem sabe, sabe. Diante dos olhos de Domingos, de Viriato e, agora, de Teodorico, a resistência se engrandecia.

A euforia de santo se alongou até a hora do almoço, quando a procissão fluvial voltou e atracou no cais da cidade, seguiu pelas ruas e foi acolhida pelos festeiros, que fizeram promessa ao longo do ano e foram atendidos. Nesse caso, podia ser branco ou de qualquer cor a pessoa que carregasse a crença consigo. Era seu momento de retribuir as graças atingidas, oferecendo almoços de grandes proporções aos integrantes do Baile de Congo e seus agregados. Sob o sol do meio-dia, atravessaram o asfalto quente, ora cercados de turistas querendo tirar fotos, ora simplesmente pisando no ritmo do pandeiro, como se estivessem em outra dimensão e, ao mesmo tempo, estivessem ali encorpados para espalhar beleza pelo mundo.

Ao chegar à casa dos festeiros, alguns agregados capotavam no sofá de tão exaustos, enquanto outros resistiam ao som dos tambores e canzás de jongo. Carolina era das que mais dançava, puxando o jongo das meninas mais jovens que usavam saias de chita coloridas coordenadas, uma novidade que o dinheiro trouxe para a comunidade. Viriato às vezes a olhava, lembrando-se do encanto que sentira no ano anterior ao vê-la rodar com sua alegria metálica balançando os cabelos. Agora, ele apenas a olhava tentando entender o que a levara a fazer uma maldade daquelas contra Fred. Ela era metal que reluzia, mas também perfurava. Verdade seja dita, ele sonhara em propor casamento assim que se viabilizasse, mas agora estava reticente.

O festeiro Firmino era filho de uma liderança antiga, que tinha vendido as terras e se mudado para a cidade lá pela década de 1980. O menino já cresceu na cidade, estudou e era esperto. Começou a mexer com mototáxi ainda adolescente, em seguida foi mexer com carros, depois transporte em geral. Contava com uma frota de mais de vinte veículos na sua empresa. Pensar nisso, um negro empresário? O segredo dele, todos sabiam: fazer a reza pra São Benedito todo ano. Por isso, adorava receber o Baile de Congo na chegada à cidade. Recebia todo mundo com churrasco de picanha e bebida à vontade, inclusive cerveja envasada. Dava orgulho no povo ver sua trajetória, apesar de que, claro, a maioria que veio para a cidade viveu outro enredo, bem menos inspirador.

Por volta de 3 horas da tarde, Viriato se rendeu:

— Vô Domingos, podemos voltar pra Cupuba? Tô cansado.

— Vamo, fio. Vamo, sim. Vamo que amanhã é o grande dia e nóis precisa descansá.

Aquela primeira etapa do ritual ia se desfazendo informalmente, cada qual se despedindo quando sentia que era hora de se recolher. Domingos chamou Conceição, Totonho e Luzia para seguirem junto com eles. Carolina viu de longe quando Viriato foi embora e ainda tentou chamá-lo com o olhar, mas ele se foi sem olhar para trás, o que a surpreendeu. Verdade seja dita que ela não tinha tanto apego assim nele em particular, aliás, em ninguém. Gostava de ter muitos admiradores e ele era mais um, só que, digamos assim, Viriato era um dos seus favoritos. Voltou para o jongo animada e confiante. Ele ainda comeria milho na mão dela, jurou a si mesma!

O pequeno grupo da Cupuba tinha uma longa caminhada de volta para casa. Chegariam ao entardecer, em tempo para dormirem e acordarem no dia seguinte para representar o Ticumbi, o Baile de Congo de São Benedito, em seu grande momento na porta da igreja matriz.

Desde as 7 horas da manhã, Sérvulo estava às voltas na delegacia. Enquanto a procissão seguira de barco para as Barreiras levando o povo quilombola, Sérvulo e o delegado, com o apoio de policiais cedidos de um município vizinho, visitaram as comunidades desse lado do rio e não encontraram uma alma viva. Apenas uma senhora entrevada, que além do mais era surda. Estavam todas na procissão de São Benedito, mas disso eles não sabiam. Diversas vezes, quando passavam pelas estradas ribeirinhas, avistavam os barcos coloridos subindo o rio, mas não conectavam uma coisa à outra. Eram mundos paralelos que, realmente, nem mesmo se percebiam.

Algumas vezes, o delegado ouviu o som de palmas no meio de trechos de mata que restavam em meio aos eucaliptais. Chegou a dizer:

— Ouviu isso, Seu Sérvulo?

Mesmo recebendo negativa do velho, por precaução, desacelerou o carro, desligou a ventilação e abriu a janela. Ficou mirando com os olhos compridos, mas de dentro do carro não via nada. Uma vez, ouviu muito claramente o bater das palmas.

— Ouviu agora? Um som de palmas?

Sérvulo não as ouvia, isso era certo. Deu um arrepio danado aquele som que só ele ouvia. Cogitou fazer uma busca a pé, que seria o ideal naquela situação, teve medo de adentrar aquela mata sozinho. Seguiram, sempre em vão. Quando já era final da tarde, cansados e com fome, o delegado desabafou:

— É, Seu Sérvulo, tô achando que o povo fez foi feitiço.

— Arre, homem, não me diga isso.

— Veja, já fomos em cinco comunidades e não tem ninguém. Pra onde é que pode ter ido esse povo todo? Eles são muitos.

— Ah, vai saber.

— Devem estar encantados!

— O que é isso de encantado? Sabe que eu nunca ouvi uma besteira maior, ainda mais saída da boca de um delegado?!

— Sinto muito, Seu Sérvulo. São histórias que correm entre os policiais da região, desde o tempo antigo, quando eles corriam atrás de um tal Benedito Meia-Légua por todo canto e nunca o encontravam.

— Pelo amor de Deus, seu delegado. O senhor não acha que já me basta ter perdido meu neto? Me poupe de ouvir tal besteira...

O delegado se calou, porque realmente não era apropriado sinalizar essa possibilidade.

De toda forma, sem sucesso nas buscas, resolveram voltar para a sede do município, comer algo e pensar em um plano alternativo. Lancharam em um restaurante ao lado da delegacia, lamentando-se do fracasso do dia. Os policiais davam ideias de fazer buscas pelos rios e pelas matas, mas tudo parecia um tanto improvável sem ter qualquer informante entre os quilombolas. Depois de muito pensar, foi o faxineiro da delegacia que acabou dando a pista:

— E por que ocês num vão amanhã cedo na igreja matriz? Vão tá tudo lá, que é a Festa de São Benedito deles.

— Que ideia genial! — exclamou o delegado.

Era isso! Armariam uma verdadeira emboscada para confrontá-los na frente da igreja. Seria a hora da verdade. Inclusive, seria bom ter o padre ali presente para eles explicarem direitinho como era possível se fingir de cristão enquanto operavam sequestro e feitiço daquele jeito. Sérvulo jurou que ia contar como eles esvaziaram as comunidades todinhas, inviabilizando o trabalho da polícia.

Isso mobilizou a todos. O delegado fez contato com os delegados de toda a região para ver se conseguia ampliar a equipe da operação. Era a chance de começarem o ano com o pé direito, mostrando serviço.

Foi naquela madrugada, enquanto todos dormiam, que Nagô fez o sumo de sumaré, a flor que tanto procurara, para curar Fred. Atravessou a mata protegido pelas palmas de vó Cecília, que sempre o guiavam até o **camucito** quando necessário — lugar no coração da mata antiga onde se pratica o ritual sagrado da cabula. Ali era um pedaço do mundo onde nem os eucaliptos conseguiram chegar. Diz que uma empresa conseguiu até grilar aquelas terras e tentou plantar mudas ali, mas morreu tudo. Era raro o eucalipto não vingar, então, a insistente coorporação ainda tentou plantar outras duas vezes e outras duas vezes morreu tudo de novo. Coisa sem explicação, conforme disse o engenheiro florestal responsável na época. A empresa o demitiu para aliviar a ira decorrente do desafio da natureza à sua onipotência e, depois, abandonou as terras julgando que eram amaldiçoadas. Não deu cinco anos e a mata estava toda de volta, frondosa como antes. Ninguém dizia que não era intocada.

Quando Nagô chegou no pé da grande **airi**, palmeira mais espinhuda que há e, por isso mesmo, ótima para proteção ritual, Teodorico estava em pânico. Fred parara de suar e de ter as alucinações que o afligiram desde o início da noite, mas desde então esteve parado e com o corpo progressivamente frio. Teodorico chegou a sentir o cheiro da morte. Parecia que o pior iria mesmo acontecer. Assim, alegrou-se quando viu Nagô chegar:

— Eita, vô. Inda bem que ocê chegô. Branquim num tá bem não.

— Vai prepará o **padê** pra nóis cumeçá a cabula — disse Nagô.

— E o que é cabula, vô?

— Cabula é o ritual da cura, Teodorico. Assunta bem que premero de tudo tem que pedi licença pra Exu. Agora **avia**.

Teodorico não sabia o que era o padê, mas como

Nagô o mandou preparar sem maiores explicações, como se fosse algo que ele já soubesse, obedeceu. Quer dizer, deixou-se levar pelo tom da voz de Nagô, confiante que era. Se já era para ele saber, então, ele já devia saber mesmo. Deixou-se levar pela própria intuição. Sim, ele sentiu que a intuição é uma avó nossa que precisamos saber ouvir. Fechou os olhos e, então, Teodorico ouviu a voz doce de sua vó Cecília lhe guiar no preparo: "Vem meu neto, mistura a farinha com o dendê, que é pra fazê o agrado...".

Então, pareceu surgir diante dele a panela para esquentar o azeite de dendê, a colher de pau e depois a farinha de mandioca alvinha. Havia por fim o **alguidar**, recipiente de barro, adequado para depositar o preparo. Da mão dela, que ele não via, mas não tinha medo, parecia vir tudo. Era um carinho e um caminho apontado e, assim, ele soube preparar o padê — com a quantia correta de cada ingrediente e no ponto certo —, o saber foi surgindo de dentro dele. A toda hora ouviam-se palmas.

— Vô Nagô, o que é esses baruio de palma batendo?

— É nossa proteção, Teodorico. Nóis quando tamo dentro do eco das palma, nada de mal se achega. Corpo fechado.

Quando Teodorico trouxe o padê prontinho, Nagô invocava a força de Kaviungo e estava pronto para receber a Matamba. Antes apontou uma encruzilhada para o neto, sem proferir palavra, e o menino seguiu adiante, depositando o alguidar com a farofa de dendê no encruzo e fez a oferenda ao senhor que abre os caminhos, que faz a ponte entre os dois mundos. A resposta foi imediata e uma chuva forte com raios e ventania despencou de um instante para o outro, na noite que até então estivera límpida e estrelada. Uma tempestade, na verdade. Nagô ajoelhou-se diante do corpo de Fred, já no limiar dessa vida para a outra:

— É a Matamba, Teodorico.

— Quem é a Matamba, vô?

— Tua vó, minino. Tua vó Cecília. Tua vó Yansã. Nagô dizia coisas que, realmente, não batiam. Como é que vó Cecília podia ser Yansã? — e, afinal, quem era Yansã? Mas do jeito que ele falava não dava vontade de ficar perguntando nada nem querendo limpar a mente de dúvidas. A voz dele era como asas de anjos que nos fazem voar. As asas fazem qualquer um se sentir à vontade com a dubiedade, afinal, quem voa transcende. Teodorico entendeu, então, por que Nagô era tido como mentiroso e por que ele irritava tanto o vô Domingos. Não era todo mundo que se entregava e se permitia habitar a leveza dos ares, a dubiedade, o não saber ao certo, a contradição, o ilógico até — tantos nomes que se dá ao mundo espiritual. Teodorico gostava. Levava jeito.

Então, Nagô virou, como se diz. Ajoelhado, sua cabeça deu um tranco para trás e voltou devagar para a postura ereta. Teodorico acompanhou tudo, um pouco assustado. Quando abriu os olhos, percebeu que estavam vermelhos. Devia ser a Matamba. Ele-ela começou a banhar o corpo de Fred com o azeite de dendê e pingar o sumo da sumaré nas feridas. De cada chaga que tinha se formado em torno das picadas, era pingar o sumo que saía uma pequena bola de fogo. No fogo da vida, se

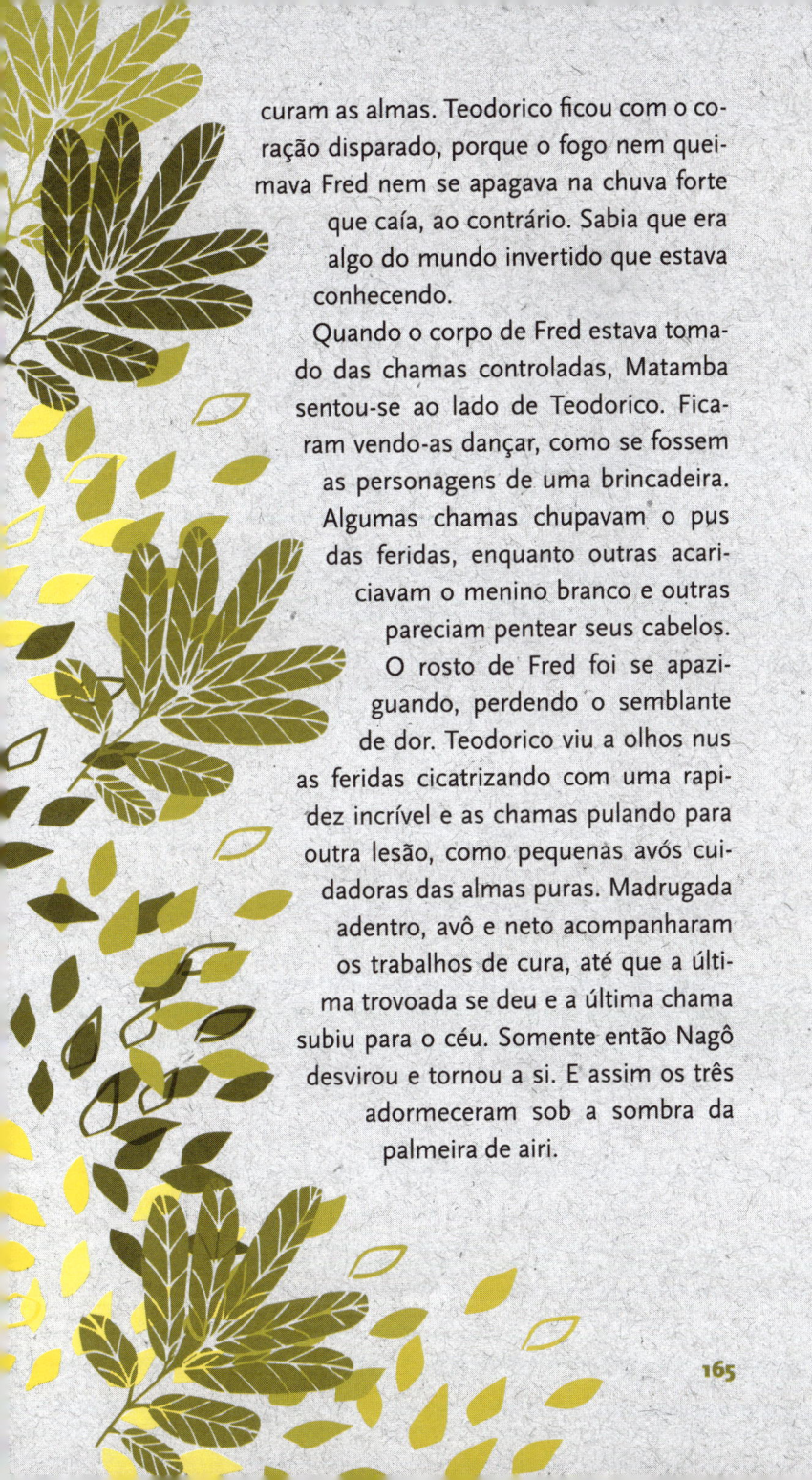

curam as almas. Teodorico ficou com o coração disparado, porque o fogo nem queimava Fred nem se apagava na chuva forte que caía, ao contrário. Sabia que era algo do mundo invertido que estava conhecendo.

Quando o corpo de Fred estava tomado das chamas controladas, Matamba sentou-se ao lado de Teodorico. Ficaram vendo-as dançar, como se fossem as personagens de uma brincadeira. Algumas chamas chupavam o pus das feridas, enquanto outras acariciavam o menino branco e outras pareciam pentear seus cabelos.

O rosto de Fred foi se apaziguando, perdendo o semblante de dor. Teodorico viu a olhos nus as feridas cicatrizando com uma rapidez incrível e as chamas pulando para outra lesão, como pequenas avós cuidadoras das almas puras. Madrugada adentro, avô e neto acompanharam os trabalhos de cura, até que a última trovoada se deu e a última chama subiu para o céu. Somente então Nagô desvirou e tornou a si. E assim os três adormeceram sob a sombra da palmeira de airi.

O raiar do sol se deu na Cupuba, jorrando luz nos homens negros vestidos com suas batas brancas, saiotes sobrepostos a camisas e calças sociais. Os capacetes dourados reluziam sobre seus cabelos curtos e crespos. As fitas coloridas formavam rabos do cometa, emoldurando as bocas que entoam as canções do Ticumbi. Caminhavam entre os poucos móveis de suas casas de paredes de barro, evocando o contraste entre o mundano e o sagrado. Era a nobreza caminhando de pés descalços sobre o barro batido.

Domingos escolhia os integrantes do Ticumbi com critério. Não havia ali quem não fosse negro de cor fechada. Se tivesse um fio de cabelo liso, era proibido. Nem mesmo um filho seu adotivo, a quem muito amava, fora admitido no Baile de Congo por faltar nesse quesito. Havia até um outro Ticumbi da região que tinha passado a aceitar quem fosse de cor aberta ou até mesmo um branco, mas ali não. O orgulho deles era compor o Ticumbi inteiro de homens negros como seus antepassados da mãe África, como se toda a experiência malfadada no novo mundo pudesse ser reduzida à insignificância nesse gesto. Esquecida, por um dia que fosse. Como se, assim, pudessem caminhar ilesos da opressão que os acometeu. Eram originários de culturas milenares, então, o que haviam de ser esses séculos miseráveis no grande enredo da História? Nisso, ele e Nagô eram um.

Em todas as religiões e em todas as guerras, há pequenas vitórias a que se apelida de arte. Vitórias, em todas as esferas, são experiências estéticas. Não há como sair vitorioso de nada, enquanto não se irradia beleza pelo mundo até cegar seus interlocutores. Reduzi-los ao estranhamento da feiura ou, então, desgastando o que já foi considerado belo. No instante em que a beleza pura irradia pelo mundo, tudo se transforma. O Ticumbi é a grande vitória estética do Brasil negro, porque nada se compara em termos de sua beleza. Quando ele passa, tudo é tocado — nada mais é como antes.

As enfeitadeiras os circulavam freneticamente em torno dos congos, acertando os últimos detalhes dos saiotes e batas rendadas em camadas duplas, pontuando as dualidades. Elas dedicavam-se ao longo do ano a fazer os buquês de flores, algumas de pano e outras já com papel crepom. As guardiãs do Baile de Congo eram taxativas: sem as coroas, não tinha graça o Ticumbi! Elas também cuidavam da reforma das coroas e do bordado das rendas de **bilro**. As esposas preparavam o café, elas que se puseram a quarar as roupas até atingirem o tom de branco ideal, além de engomá-las e passá-las no ferro à brasa. Os embaixadores vestiam seus peitorais de espelhos e portavam o dragão, símbolo da coragem de São Jorge. Tinha chegado o grande dia da encenação da conversão do Rei de Bamba ao cristianismo na frente da igreja matriz de

Conceição da Barra, em chão de asfalto. O povo negro ia fazer bonito na cidade mais uma vez. Até mesmo o padre africano da comarca de São Mateus viria prestigiar o grande momento.

Antes do início da missa, o grupo sempre se concentra na casa de mestre Zezo na cidade. Um lanche ligeiro foi servido e, com os copos ainda quentes nas mãos, eles ouviram o apito. Foi o aviso do mestre para que todos tomassem seus postos na rua formando as fileiras de seis congos em cada banda. O próprio Zezo ombreou com seu contramestre até a derradeira dupla, onde se postavam os iniciantes, os derradeiros congos. Viriato estava ali no fim do cordão, um tanto inquieto com a ausência de notícias sobre o estado de saúde de Fred. Confiava em Nagô, mas a ansiedade era grande. Notando isso, mestre Zezo pediu a ele que se ajeitasse direito, e ele assim o fez. Sabia que para ser mestre é preciso ouvir muito e falar pouco, isto é, ter muita paciência. Atrás da corte dos congos seguiram o Rei de Congo e depois o Rei de Bamba, cada qual ladeado por seu embaixador. Saíram todos em cortejo pelas ruas da cidade, com o estandarte de São Benedito à frente. Os congos cantaram e tocaram seus pandeiros até chegar à porta da igreja, onde foram aplaudidos pelo público que os aguardava desde cedo.

O Ticumbi dirigiu-se ao local reservado para eles dentro da igreja, lugar nobre, perto do altar. Enquanto a missa ia sendo rezada pelo padre, chegava cada vez mais gente na rua, sobretudo das comunidades quilombolas do Sapê do Norte. Os cumprimentos de um próspero Ano-Novo que se iniciava eram intercalados por brincadeiras, lembranças de anos passados, assunto de namoros e nascimentos, porém o assunto mais comentado era a história do menino branco. Cada um trazia uma versão do ocorrido. O que aconteceu de verdade já tinha sido aumentado e modificado por dezenas de bocas. O número de picadas de marimbondo fora de vinte a cem. Enfim, para discernir a verdade da mentira naquele estágio, nem mesmo Domingos. O único consenso era que o estado do menino era grave, pelo fato de Nagô estar envolvido. Era uma **algaravia** que, às vezes, incomodava quem estava dentro da igreja.

Domingos, excepcionalmente, não se sentou diante do altar. Ficou na porta da igreja, com um pé para dentro e outro fora, alheio tanto ao **furdúncio** do povo da rua quanto à homilia do padre. Seu pensamento fixo estava no irmão. Tentava antecipar seus passos, imaginar onde estaria e quando daria notícias. Não se lembrava de qual fora a última vez em que estivera tão ligado a seu irmão Nagô. Talvez quando há algumas décadas testemunharam os enormes tratores de esteira destroçarem as matas e a pequena casa de estuque na qual bisavó Cecília, a Matamba, morava. Tudo para dar lugar aos eucaliptos. Choraram juntos, então, como quando eram crianças. Agora, sabia que estavam expostos de forma semelhante. Um desfecho era iminente.

Além disso, pensava em alternativas de rimas para suas embaixadas na hora da apresentação do Ticumbi. O povo sempre aguardava suspirando aquele noticiário em versos, que narrava os principais acontecimentos do ano. Considerado por todos o senhor das embaixadas, Domingos astuciava uma mudança qualquer que pudesse surpreender até mesmo quem tinha assistido ao ensaio geral na noite anterior. Tudo dependia, no entanto, do que Nagô apresentaria como enredo.

Findou-se a missa e o povo mais do que rapidamente procurou o melhor lugar para não perder um só lance do tão esperado Baile de Congo. Um interlocutor qualquer cogitaria por que era tão esperado, se todo mundo já sabia o fim da história. Sim, Rei de Congo ia chegar com sua nobreza anunciando a reza da missa de São Benedito e os congos iam louvar. Rei de Bamba, então, ia chegar com sua nobreza, querendo fazer a festa do próprio jeito. Ia pedir bênção, mas o poderoso Rei de Congo ia dizer que não. E responderia ofendido:

— Eu sou o rei mais véio que Deus me coroou!

Partiriam para a guerra. E guerreariam de espadas de verdade no momento da **lacuaca**, o mais esperado do baile! As armas eram de verdade e levavam até o brasão da república, herdado de um parente que tinha lutado há mais de cem anos. Mas já se sabe que, no fim, é o Rei de Bamba que se converte, que vão ouvir dizer e depois ecoar:

— Ele já perdeu a guerra, inda vai sê batizado!

Mesmo assim, o povo todo queria ver. Ver de novo aquela energia toda, as cores das coroas de flores se entrelaçando no bailado, sob o ritmo do pandeiro que mais parecia rabo de cascavel.

Finalmente, a imagem de São Benedito foi trazida de dentro da igreja e os congos se ajeitaram em suas posições. Começaram a fazer seus pandeiros chiar em louvor a São Benedito. Então, o Baile de Congo teve início com os guias:

Eu vi um sinal no céu
Mas ainda eu num sei o que que é
Mas ainda eu num sei o que que é

O resto do cordão de **contraguias** e derradeiros congos responde:

> *São Benedito tá chamando seus devoto*
> *Pra ajoelhá em vossos pé*
> *Que é pra ele nos benzê*

Ao fim da primeira marcha, o embaixador do Rei de Congo pediu silêncio e chamou seu rei. Ambos se achegaram, mostraram-se cristãos e falaram de rezar uma missa para São Benedito. Sentaram-se em seus tronos para assistir à festa se iniciar com os congos cantando e dançando. Era a hora do secretário de Rei de Congo, o embaixador, entrar em cena. Domingos se moveu para a ação, mas estava ainda dividido por dentro, ali e acolá. Titubeou como jamais fizera em sua embaixada de entrada, mas não jogou verso de pé-quebrado:

> *Licença, sinhô! Paciênça*
> *Peço que há incelença*
> *O povo cala*
> *E fala meu valoroso*
> *Rei de Congo*
> *Rei de Congo assim falado*
> *Que foi rei em Maçambique*
> *E em Guiné foi apresentado*

Os congos seguiram batendo pandeiro, até que surgiu o secretário do Rei de Bamba com seus pedidos de concessão, ao que o Rei de Congo disse, conforme o enredo, que não mesmo, e seu embaixador fez nova entrada:

Para, para, para
Que isso aqui num é butiquim, nem bazar
Ocês num pode fazê festa
Enquanto meu rei não mandá

O próprio Rei de Congo disse a seu embaixador:

Vai ao trono de Rei de Bamba
Venera ele com cortesia
Que ele sois um rei pagão
Com grande malandria
E queira ele ou não queira
Ele vai se ajoeiá a meus pé
Pra ele eu batizá

Chegou então a vez do embaixador de Rei de Bamba anunciar seu rei em pessoa, portando seu manto encarnado de chita e coroa. Tudo como manda o figurino. Esse rei pagão, sabe-se, não aceitou a recusa e fez questão de pedir sua bênção. Chega no Rei do Congo o embaixador de Rei de Bamba o desafia e provoca o rei anfitrião sobre quem deve fazer a festa. Rei de Congo responde acusando o Rei de Bamba e seu embaixador, lançando a primeira embaixada, culpando-os pela crise geral:

Ocês dois são os culpado!
Que a grande miséria plantô
Esse mar de eucalipto
E o povo da terra expulsô
Ocês vão morrê de fome
Ou comê erva daninha
Que raiz de acalipe

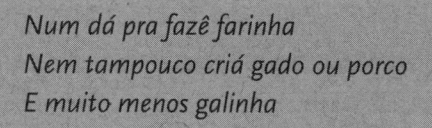

Num dá pra fazê farinha
Nem tampouco criá gado ou porco
E muito menos galinha

Domingos tinha passado horas adaptando suas rimas para dar conta da situação que estavam vivendo, como era de hábito. O que ele não esperava, de verdade, é que justo na hora em que o Rei de Congo erguesse a espada e declarasse guerra ao Rei de Bamba a rua da igreja seria tomada por viaturas policiais. Foi um susto para todos. O povo todo que estava presente se apavorou, as mulheres pegaram suas crianças e os velhos precisaram de ajuda.

Foi como se a guerra simbólica se projetasse para uma verdadeira guerra de rua. Os congos não tiveram jeito, senão cessar o guizo dos pandeiros, interrompendo o ritual.

Sérvulo foi o primeiro a saltar da caçamba, de facão em punho. Estava possesso.

Domingos olhou imediatamente para Viriato, depois ambos olharam para Totonho. O desespero pairava na porta da igreja:

— Seus vagabundos! Estão aqui dançando, é? E onde está meu neto! Onde vocês esconderam meu neto????

O embaixador de Rei de Congo abriu espaço para o branco que queria jogar com eles dentro da cena do Ticumbi. Sérvulo foi para dentro da roda, sem se dar conta do arranjo, como se fosse um personagem alheio ao roteiro predeterminado. Os congos, sem pensar muito, retomaram a chiar os pandeiros.

— Vocês sequestraram meu neto!!! E estão aqui fazendo esse teatro ridículo? Onde ele está?

Domingos manteve sua espada em punho e, em um movimento inédito, o embaixador do Rei de Bamba uniu-se a ele contra o inimigo comum que se colocava ali.

— Não fiquem mudos dentro dessas roupas ridículas! Digam alguma coisa! Hein?! Onde está meu neto? Senão eu mato um de vocês!

O silêncio se manteve, como se todos do baile estivessem encantados. Sérvulo, enfurecido, lançou-se sobre Domingos apontando-lhe a arma na cabeça. Tentou lhe arrancar a espada, e isso foi bastante descontrole de uma das partes, o que levou o delegado a saltar da caminhonete com seus policiais. Pisando no território ritual, os policiais imobilizaram Sérvulo e Domingos, gerando comoção geral. O padre correu até o meio da roda pedindo calma e explicando que aquilo era um ritual da cultura popular, parte de seu projeto de evangelização, como ele entendia. Queria compreender o motivo daquela intervenção policial.

Enquanto isso, Luzia correu até Sérvulo, implorando que ele se acalmasse:

— Seu Sérvo, por favor, se acalma. Vai ficá tudo bem.

— Como é que eu vou me acalmar? Onde está meu neto??? Não é justo, Luzia. Vocês sequestraram meu neto, é isso?

Luzia ficou comovida e desesperada e implorou para Domingos dizer a verdade:

— Hómi de Deus, conta pra ele o acontecido, que ele é avô do minino! Tá disisperado. Tu tá vendo não?

Mas Domingos não dizia nada. Apenas olhava para o infinito, como se estivesse em busca de algo ou de alguém. Foi a vez de o delegado abrir voz:

— Vocês não têm nada a dizer para esse homem?

Vocês sabem ou não o paradeiro do menino? Recebemos relatos de que ele vinha frequentando a comunidade de vocês antes de desaparecer.

Ninguém esperava por isso, mas Domingos resolveu guerrear com palavras:

— Por que é que nóis vai cooperá com o hómi que roubô nossas terra, doutô?!

Viriato saltou para junto do avô, pondo-se a seu lado:

— Isso mesmo, delegado! Um homem que impediu o acesso à nossa nascente!

Os olhos de Sérvulo quase saltavam nas órbitas:

— Ah, então vocês confessam! Sequestraram meu neto para ver se eu deixo vocês acessarem as terras e a água que eu comprei com meu dinheiro! Por que vocês não compraram aquele terreno antes de mim? Estava à venda quando eu cheguei aqui! Tinha uma placa escrito: VENDE-SE.

— Essas terras são nossas há muito tempo, Seu Sérvulo. Antes de existirem cartórios aqui. Aquela placa era uma afronta a nós! — lançou-se Viriato.

— Está vendo, seu delegado? Está vendo? Eles sequestraram meu neto para me chantagear. Pois é agora que eu não deixo passar mesmo! Seus bandidos! Vocês vão é para a prisão, isso sim!

Viriato estava agitado e, assim como Luzia, não conseguia entender por que Domingos não falava logo do ocorrido com Fred, do ataque dos marimbondos e que ele estava sendo tratado ao modo tradicional. Talvez fosse mais simples dizer a verdade para apaziguar a situação. Mesmo assim, não resistiu seguir no enfrentamento:

— Olha lá o jeito como o senhor fala de nós, porque o

único que roubou alguma coisa aqui foi o senhor mesmo.

— Seu moleque metido! Onde está meu neto? Eu vou arrebentar com vocês!

Nessa hora, Sérvulo tirou uma arma que trazia na cintura e apontou para a cabeça de Viriato. Totonho tremeu por dentro. Houve tumulto. Vários congos tentaram conter Sérvulo, mas ele rodava com a arma na mão. Luzia se jogou de joelhos no chão e pediu a Deus que orientasse Seu Sérvulo. Viriato também se desesperou nessa hora:

— Vô, por favor, conta a verdade para ele!

Como quem testemunha uma aparição, Domingos apontou na direção da igreja e disse com um sorriso estranho nos lábios:

— Num carece mais... Óia lá!

Em pé diante da igreja estavam os meninos Fred e Teodorico ao lado de Nagô, todos vestidos de branco e protegidos com as guias de seu santo enredo: Matamba, Kaviungo, Nzumbarandá, Katendê, Mutakalambo, Nkosi e Pambu Njila. Fred estava bastante pálido, mas parecia tranquilo.

— Fred!!! — Viriato foi o primeiro a exclamar, tal o alívio.

O avô ouviu e correu até o neto, abraçando-o com força.

— O que aconteceu, vô? Por que você está com esse revólver na mão?

— Você está bem, Fred? Eles fizeram mal a você, meu neto?

— Tá tudo certo, vô. Eu passei mal e Nagô cuidou de mim.

— Mal de quê? Quem é esse Nagô pra cuidar de você? Você tem o vô para cuidar de você, Fred!

— Só passei mal, vô. Este aqui é o Nagô. Vem conhecer. Ele é irado!

Sérvulo se voltou para ele com espanto. Nagô era realmente muito grande e seus olhos brancos eram estranhos para quem o via pela primeira vez. Em uma tentativa de aproximação, ele estendeu a mão com um sorriso plácido para o avô do menino:

— Prazê, Seu Sérvo.

O povo todo olhava para a cena, incrédulo com o desvio de roteiro que se dava ali. Não tardou para mestre Zezo, sentindo que um desfecho ia se delineando, chamar o grito que, então, foi ecoado por todos:

— Viva São Benedito! Santo milagreiro!

— Viva! Viva! Viva!

Sérvulo não correspondeu ao aperto de mãos de Nagô. Ainda estava tomado de raiva. Repreendeu o neto duramente, trazendo-o para perto pelo braço de forma abrupta:

— Um macumbeiro, meu neto. Por que você não voltou pra casa?

Foi a vez de Viriato se inflar novamente. Não dava conta de deixar passar algo assim.

— Seu Sérvulo. Eu exijo respeito com meu avô Nagô. Saiba que ele salvou a vida do seu neto.

— Salvou a vida? Esse velho não tem cara de saber salvar nem a vida dele mesmo até amanhã.

Viriato se descontrolou e, num lance ágil que surpreendeu a todos, arrancou a espada da mão do Rei de Congo e apontou para a cabeça de Sérvulo, espelhando o ataque frontal que o mesmo havia feito instantes contra ele minutos antes. Era da natureza de Viriato habitar o conflito, então, não havia como brecá-lo:

— Eu exijo respeito. Ele salvou a vida do seu neto, repito.

Sérvulo também ergueu sua arma para o menino e o pânico foi geral. O delegado entrou em ação de novo, tentando imobilizar os dois. Todos se desesperaram, as mulheres gritaram e as crianças começaram a chorar temendo novamente um desfecho trágico. Domingos tentou contornar a situação. Totonho gritou:

— Solta a espada, Viriato!

— Não solto! Chega de pensar pela razão deles. Eles não entendem porque não querem entender. É hora da gente lutar.

Luzia resolveu tentar mediar, em um ato de desespero:

— Seu Sérvo, por favor, me escuta. É tudo verdade o que o minino tá falando!

— O que é verdade, Luzia?

— Que Nagô salvô a vida de Fred. Ele foi picado por marimbondo muito venenoso.

Num foi culpa dele, de Fred nem de Viriato.

Fred confirmou a história:

— Foi isso mesmo, vô. Na verdade, eu quase morri com as picadas, porque foram muitas. Nagô que me salvou.

— Esse povo está te cegando mesmo, meu neto. Você insiste em defender essa gente ruim, essa gente que te machucou...

Surpreendendo a todos, Carolina entrou em cena:

— Foi minha culpa, Seu Sérvulo, eu confesso. Apenas minha. Não deles.

Carolina quis estar ao lado de Viriato. Algo que ele dissera ali com tanta coragem de enfrentamento ressoou dentro dela num lugar que ela nem conhecia. Quis estar do lado certo daquela história e, também, que ele a perdoasse, mais do que tudo. Seguindo o fluxo, Totonho emendou a fala:

— E o que o Viriato falô das terra é verdade também, Seu Sérvo. As terra era nossa, desde o tempo do barão de Timbuí.

— De quem? Qual personagem histórico vocês vão trazer agora pra animar essa farsa de vocês?

— Barão de Timbuí. Essas terra aqui era tudo dele e ele foi fazendo fio com as cativa e despois deixô as terra pra nóis.

— Mentira! Não minta pra mim, Totonho!

— Num é não, Seu Sérvo. Eu cresci aqui. Nóis num tem os dicumento, porque nóis num conhece as lei de papel e nem tinha dinheiro pra mandá **retombá** as terra. Mas a nascente nossa era aquela mesma, a que o sinhô chama de bica. Eu cresci mais mãe indo lavá roupa lá todo dia. Faz falta pra nós.

— Mentiroso!

— Vô, presta atenção no que eles estão falando. A gente não conhecia essa história, mas tem tudo pra ser verdade mesmo! — exasperou-se Fred.

— É mentira, Fred! Mentira desse povo! Mentirosos!

Papo de mentira não era aceitável para Domingos, que, então, entrou na roda:

— Ocê num tá ouvindo teu neto te dizê a verdade? Num tá ouvindo a Luzia que trabaia com ocê todo dia te dizê a verdade, ora? Totonho também. Inté a minina que cometeu o erro tá aqui contando a verdade. Ocê num escuta nada?

E ainda arrematou a contenda improvisando uma embaixada:

Eu disse pra ocê num cercá a nossa água
Nem invadi as nossas terra
Se ocê num respeitá
Contra ti nóis forma uma guerra
Porque tenho irmão, tenho fio e sobrinho

Nóis vai se ajuntá
E vai te dá um pau
E mostrá pra tu
Por onde que a vaca berra

Até o delegado resolveu intervir:

— Ora, Seu Sérvulo, pondere bem, homem. Não faça uma loucura, ainda mais por motivo injusto. Se todo mundo está dizendo o que é verdade, por que é que o senhor não aceita? O senhor está em minoria.

De repente, Sérvulo se viu no meio daquela cena diante da igreja, no meio daqueles homens negros todos vestidos de branco com coroas floridas. Sentiu uma tonteira, como se o mundo girasse. Aquilo o virou. Foi como se aqueles homens temerosos se transmutassem em anjos. Sérvulo não soube mais de si por um instante, o que era aterrador e, ao mesmo tempo, lhe coube bem. Sem ter que sustentar tantas certezas sobre tudo o tempo todo, parece que seus braços relaxaram e ele deixou a arma cair no chão. Em seguida, tomado por uma emoção grande, para a surpresa de todos, sentiu as pernas trêmulas e o tronco pesado sobre elas, então, se ajoelhou e chorou:

— Me desculpem...

Mestre Zezo, sempre atento, não perdeu a deixa e evocou o louvor:

Ele já perdeu a guerra
Inda vai sê batizado

— Viva São Benedito! O Rei de Bamba se converteu! Santo milagreiro!

— Viva! Viva! Viva!

O padre aproximou-se de Sérvulo gentilmente, entendendo a transformação que se dava ali, e acolheu-o com suas palavras:

— Encontre a paz, meu filho. É preciso ouvir quem brotou da terra para morar em paz nela. Agora, tente viver tranquilo nesse Sapê do Norte, que, como o nome já diz, é mato de raiz profunda que rebrota depois da queimada, que resiste às agruras do tempo, que é pasto sem cerca, que é como esse povo que vive aqui há tanto tempo.

— Me desculpe, padre.

— Não peça desculpas a mim. Agora, estenda a mão para Nagô, que é o pai deles todos. Agradeça a ele por ter salvo a vida de seu neto. Agradeça a sua funcionária, que te trouxe à razão. Dê ouvidos ao que ela lhe diz sobre a nascente.

— Me desculpe, Luzia.

— O sinhô é um hómi bom, Seu Sérvo. Tá é solitário demais aqui nessas banda e isso tá ruindo seu coração. Abre aquela cerca e deixa nóis entrá como amigos do sinhô. Num carecemo de sê inimigo ou só empregado seu. Nóis pode sê amigo...

— Viva São Benedito! Santo milagreiro!

— Viva! Viva! Viva!

Mestre Zezo chamou a retomada do Ticumbi, os congos retomaram os pandeiros e o povo todo voltou ao seu lugar com a situação encaminhada. Sérvulo abraçou Luzia e, depois, procurou por Nagô para lhe retribuir o aperto de mão, mas ele não estava mais. Havia cumprido sua função e retornara para a mata, de onde raramente saía.

Fred teve orgulho do avô e lhe deu um grande abraço:

— Obrigado, vô. Você não vai se arrepender! Eles são muito gente boa. Quero que você conheça meu amigo...

Fred buscou Viriato com os olhos e este estava a postos, esperando a oportunidade de abraçar forte o amigo para sentir que ele estava bem de verdade.

— Que susto, cara! Feliz demais de te ver inteiro aqui!

Quando viu que era justo o menino que o ameaçou com a espada, Sérvulo recuou:

— Vô, confia em mim. Esse é um recomeço para todos nós. Uma chance real de nos entendermos. Esse é Viriato, vô. Meu melhor amigo.

Sérvulo não teve opção senão apertar a mão de Viriato:

— Prazer, rapaz. Se meu neto gosta tanto de você, não deve ser um cabra tão ruim assim.

— Agora, chega de cerca, então? — Viriato não perdeu a deixa.

— Sim, chega de cercas...

O Ticumbi finalizou a apresentação, apenas

pulou a cena da conversão do Rei de Bamba, que, bem, já tinha sido encenada no plano do real de uma forma bem inusitada. Para selar o rito com chave de ouro, a procissão precisava seguir pela cidade para visitar os últimos festeiros que fizeram promessa e esperavam para recebê-los para almoço e lanches, suco e refrigerante no decorrer da tarde até a boca da noite, e finalmente, depois da missa das 6 horas, para uma ceia farta.

Fred pediu ao avô para ir até o fim com eles, já que ele e Teodorico tinham perdido boa parte da festa.

Antes que Sérvulo pudesse responder, surgiram de um táxi o pai e a mãe de Fred.

Magda estava com os olhos inchados de tanto chorar e correu para abraçá-lo. O pai conteve-ve para não desmoronar. A frase "Meu filho! Você está bem?" foi dita mais do que uma dúzia de vezes. Fred ficou feliz em vê-los e acatou a comoção deles, mas estava mesmo era louco para ir com os amigos curtir a procissão e as festas.

Lucas acabou perguntando:

— Filho, por que você está tão quieto? Não está feliz em ver seus pais?

— Estou, pai. É que justo agora eu estava indo com meus amigos para a casa dos festeiros...

Lucas e Magda não sabiam do que se tratavam os festeiros nem imaginavam tudo o que o filho tinha passado. Muito menos tinham ideia do que eram os quilombolas ou o Ticumbi. Eram coisas do mundo que seu filho cravou para si na ausência deles. Então, foi a vez de Sérvulo intervir:

— Pode ir, Fred.

— O quê? Mas nós acabamos de chegar, pai! — reagiu Lucas.

Lucas mostrou-se ofendido, mas Magda sacou o movimento:

— A gente pisou na bola contigo, né filho?

Fred não era de guardar mágoa:

— Vocês deixaram uma brecha, né? Mas foi bom que eu descobri o mundo quilombola!

— O que é quilombola? — perguntou Lucas.

O avô colocou o braço no ombro do filho, como quem diz: "Agora, deixe-o ir. Temos muito para conversar".

Fred imediatamente abraçou Teodorico e os dois foram saltitando na direção de Viriato, que já estava mais adiante com os outros congos. Os três amigos seguiram lado a lado, ansiosos para curtir as comidas da casa de cada festeiro.

Havia ainda um acerto a ser feito. Carolina precisava também se desculpar com Fred e, se possível, ser aceita de volta entre os primos. Em particular por Viriato, é claro. Quando a dupla Fred e Teodorico passou, ela os chamou:

— Ei, branquim.

Fred levou um susto, por reflexo. Quem põe a mão no fogo uma vez sempre tem medo.

— Não tenha medo de mim. Quero me desculpar pela brincadeira.

— Não foi uma brincadeira, né?

— Eu sinto muito. Senti raiva de ver você tão junto de Viriato.

— Raiva? Acho que você quer dizer ciúmes, não?

— Eu, ciúmes? Do Viriato? Nada a ver... — a menina era orgulhosa.

— Acho que tem a vê sim, prima — instigou Teodorico. Que quando ocê chegô lá na Cupuba, o povo só falava do branquim e ocê queria todo mundo falando era d'ocê mais Viriato.

— Por que você não diz isso pra ele? — sugeriu Fred — acho que ele gosta de você também.

— Bom — Carolina mirou para longe com nostalgia — se é que era assim mesmo, acho que arruinei as minhas chances com ele. Não vai querer saber de mim nunca mais...

Viriato surgiu ao lado deles, de repente. Tinha se desagarrado do baile para ver por que os meninos estavam demorando. Tinha ouvido tudo.

— Se Fred souber te perdoar, Carolina, eu também saberei.

Carolina, então, tirou do bolso da saia seis ovos azuis, que todos sabem ser algo raro de se conseguir, ainda mais de se carregar com zelo em um dia de festa.

— Aceite estes ovos como meu pedido de perdão, Viriato. Aprendi que as amizades verdadeiras são coisas raras como eles, talvez até mais do que o próprio amor — ela enrubesceu. Aprendi que amizade é como se fosse um amor sem posse, sem a ânsia de ter a pessoa só para si.

Fred, Teodorico e, principalmente, Viriato, pareciam bem surpresos ouvindo Carolina falar daquele jeito, mas ela não parou ali...

— Eu falhei contigo por ser orgulhosa, mas quando te vi na lacuaca eu me arrependi demais. Nunca vi tanta coragem em alguém tão jovem. Não tinha sabido apreciar isso antes em você. Me deu uma vontade de estar sempre a seu lado, mesmo se você jamais for nada meu, só para continuar a viver sabendo que há alguém no mundo assim. Alguém que se pode admirar desse jeito.

As palavras da menina surpreenderam a todos e emocionaram até Viriato, que tentou esconder uma lágrima que se formou no peito.

— Me perdoa, Fred?

Fred deu um abraço forte em Carolina, ao qual Teodorico se uniu sorridente. No instante seguinte, os dois meninos saíram correndo para alcançar logo os congos e chegar à festa. Deixaram Viriato e Carolina a sós.

— E você, Viriato... consegue me perdoar?

Viriato sorriu com a timidez do sol que surge depois das tempestades, mas manteve a fala rija:

— Contanto que não se repita, Dona Carolina.

— Pode deixar. Eu já não sou mais a mesma. Acho que todo mundo renasceu nesse Ticumbi!

Viriato tomou a liberdade de estender a mão para Carolina, que acolheu o gesto com alegria.

Caminharam de mãos dadas pelas ruas de pedras, o mais jovem congo do Ticumbi de Conceição da Barra e sua Carolina, para a tão esperada festa final do Baile de Congo.

Sei que Viriato não volta mais aqui. Vive no exterior há alguns anos, onde chefia o Departamento de Logística de uma grande empresa. Ele e Carolina já têm dois filhos, e um deles se chama Fred.
Sei o quão egoísta de minha parte seria preferir que ele ainda morasse no casebre de madeira na beira do rio que ele herdou de seu avô Domingos para eu lhe dar um abraço toda vez que viesse passar as férias no sítio que herdei do meu avô Sérvulo. Ainda assim, esse desejo aparece de forma recorrente nos meus sonhos, como se fosse a verdadeira redenção do que vivemos aqui na passagem para a idade adulta naquele verão de 1995. Ele do jeito dele e eu do meu, tão distintos e, ainda assim, plenamente passíveis de nos entendermos e, desse modo, passar a entendermos a nós mesmos.
Contrário a toda e qualquer probabilidade, carrego comigo a certeza de que tudo o que sei e me tornei começou com Viriato.

GLOSSÁRIO

airi: palmeira espinhosa de médio porte.

algaravia: confusão de vozes.

alguidar: vaso de barro cuja borda tem diâmetro muito maior que o fundo.

almíscar: árvore de médio porte da Mata Atlântica cuja seiva é muito utilizada como incenso.

andejo: aquele que anda muito.

arenga: briga, confusão.

assuntar: prestar bem atenção.

aviar: preparar, executar algo; no caso, o padê.

azeite de baga: óleo de mamona.

bardrame: cerca de varas.

beiju: também chamado de tapioca, é uma iguaria tipicamente brasileira, de origem indígena e muito presente na cultura das comunidades quilombolas.

bica: mina de água.

bilro (renda de): peça semelhante ao fuso, de metal ou madeira, para fazer rendas.

boca de siri: ficar em silêncio, guardar segredo.

bongá: procurar.

brocar mata: derrubar a mata.

cabula: ritual religioso de matriz africana.

cacimba: buraco que se cava até atingir um lençol de água subterrâneo; poço, cisterna.

cadinho: pouquinho.

cafungada: cheirada.

cambito: baqueta finas de madeira.

cambucá: fruta derivada de árvore de pequeno porte da restinga.

camucito: local na mata onde se realiza o ritual sagrado da cabula.

camurupim: tipo de peixe muito grande que alcança mais de 2 metros de comprimento e 150 quilos. Vive na água quente do Oceano Atlântico que entra nos estuários e na água doce.

candeeiro: utensílio de formatos variados que, contendo líquido combustível e provido de mecha ou torcida, destina-se a iluminar.

cansanção: urtiga, planta que causa grande ardor quando em contato com a pele.

canzá: instrumento musical de percussão como um reco-reco, com uma cabeça esculpida, característico dos grupos de jongo do norte do estado do Espírito Santo. Na região da Grande Vitória, as bandas de congo denominam esse intrumento de "casaca".

capixaba: roça, roçado, terra limpa para plantação de milho e mandioca dos indígenas; gentílico capixaba para a pessoa nascida no estado do Espírito Santo.

capote: técnica para descascar mandioca.

carola: pessoa muito devota e assídua à igreja.

casa de farinha: local em que ocorre todo o processo de produção de farinha, beiju e outros subprodutos da mandioca. Ali a raiz é raspada, ralada, prensada, peneirada e, por fim, torrada em grandes fornos a lenha com manuseio predominante das mulheres quilombolas.

catitu (dentes de): ralador de mandioca inspirado nesse animal selvagem, semelhante ao porco, que aprecia muito a mandioca.

congo: integrante do Baile de Congo, ao todo seis duplas, que tocam pandeiro, dançam e cantam em louvor a São Benedito.

contraguias: compõem a segunda dupla do cordão de congos e são os primeiros a responder ao verso puxado pelo mestre e pelo contramestre.

corisco: meteoritos que, uma vez descoberto pelos adeptos da cabula, são divinizados, sendo regularmente banhados de azeite de dendê no alguidar.

cupuba: árvore de médio porte da Mata Atlântica cujos galhos são utilizados para confeccionar remos.

dendê: palmeira de origem da costa atlântica do continente africano cujos frutos são cozidos e pilados para extrair azeite.

embaixador: responsável por dialogar com o embaixador do outro reino antes que ambos tenham acesso direto aos reis por meio de confrontos que se desenrolam em versos, as chamadas embaixadas, e golpes de espadas.

embarreio: ao término do trabalho de amassar o barro com muitas pessoas pisando e tantas outras cobrindo as paredes das construções de pau a pique, cabia ao dono da casa embarreada organizar uma festa ao som de jongo ou de forró de sapezeiro e muita comida.

embornal: pequena bolsa de pano a tiracolo.

encabulo: feitiço.

encalço: vestígio, pista, rastro.

esmolar: ir de casa em casa receber fundos para um ritual religioso em troca de promessas.

esteio: peça de madeira com a qual se firma ou escora algo.

estorvo: obstáculo, peso.

eucaliptal: a partir da década de 1960, grandes empresas monocultoras de eucalipto instalaram-se no estado do Espírito Santo, de forma mais acentuada no litoral norte. Seus extensos plantios causaram profundos impactos na sociobiodiversidade local. A Mata Atlântica foi devastada e muitos povos que viviam dessa mata ou em seu entorno, como quilombolas, indígenas e pescadores artesanais, foram expulsos da maior parte de seus territórios ancestrais. Grandes tratores derrubaram a mata e casas que, em seguida, foram incendiadas para dar lugar aos eucaliptais.

fole: sanfona.

furdúncio: algazarra.

futrica: fofoca.

gazo: albino; neste contexto, é a característica de pessoas de olhos claros que se incomodam muito com a luz do sol.

guizo: os congos têm uma forma muito característica de tocar seus pandeiros, fazendo com que as rodelas de metal colocadas em duplas no arco de seus instrumentos ecoem um som vibrante, feito o guizo de uma cobra-cascavel.

guriri: pequeno coqueiro que predomina na restinga e apresenta seus frutos em forma de espiga.

imbiriba: árvore da Mata Atlântica da qual se extraem varas para as casas de estuque e para a confecção do berimbau, instrumento musical fundamental na capoeira.

indaiá: palmeira comprida da Mata Atlântica cujas

palhas, quando bem trançadas, são utilizadas para confeccionar telhados, enquanto seus cocos, muito semelhantes ao babaçu, servem para o recheio de beiju de goma.

intonce: então.

jacá: grande cesto de cipó para transportar carga no lombo de animais.

jirau: armação de madeira semelhante a estrado ou palanque.

jongo: considerado uma das raízes do samba, é uma dança de roda de origem africana do tipo batuque com acompanhamento de tambores e outros instrumentos, como o reco-reco.

juçara: palmeira de médio porte da Mata Atlântica, semelhante ao açaí, da qual se extrai madeira para ripas nas casas de estuque.

lacuaca: confusão, briga; neste contexto, diz respeito à guerra travada entre os dois reis e seus secretários na disputa da Festa de São Benedito e ao momento de tilintar as espadas dessas quatro figuras.

macega: campina suja, com capim alto e seco.

mangaba: fruta de árvore de médio porte que ocorre tanto em restingas como no cerrado.

maruim: mosquito muito pequeno presente em brejos e mangues.

mestre: responsável pelo Baile de Congo, é aquele que forma a primeira dupla com seu contramestre e dá os comandos na coreografia e no canto, sendo também responsável por compor um novo baile a cada ano.

mucama: mulher de origem africana escravizada que

desenvolvia atividades domésticas e, por isso, era mais próxima dos senhores.

oratório: pequeno altar que se leva nas procissões e nos pedidos de esmolas.

padê: oferenda de farofa de dendê, fundamental para iniciar qualquer trabalho nas religiões de matriz africana.

pau a pique, taipa ou estuque: técnica de construir paredes de casas com varas de madeira amarradas com cipó e cobertas de barro pisado.

peitoral: adorno que os reis e embaixadores carregam no peito; feito de papelão coberto por papel laminado de muitas cores em cujo centro fica um espelho.

pequi-vinagreiro: árvore de grande porte da Mata Atlântica, muito utilizada para a confecção de canoas.

pocar: verbo muito utilizado pelos capixabas, significa arrebentar ou rachar; neste contexto, significa partir o tronco de uma árvore para fazer lenha.

puã: garra do caranguejo.

puba: massa da mandioca que se deixa de molho para amolecer e fermentar para o preparo de bolos.

quaradouro: método tradicional de clarear roupas.

Rei de Bamba: rei pagão que confronta o Rei de Congo.

Rei de Congo: rei estabelecido, batizado para fazer a Festa de São Benedito.

retombar: pagar para medir as terras ocupadas a fim de legalizá-las no cartório e no instituto oficial de terras.

tapiucaba: tipo de marimbondo muito perigoso.

tarugo: prego de madeira utilizado para encourar pandeiros do Ticumbi e tambores de jongo.

vassalo: no contexto do Baile de Congo, são pessoas não negras, com influência na sociedade, escolhidas para prestar todo tipo de auxílio ao grupo.

verso de pé-quebrado: verso com rima incompleta.

vertê: fazer correr ou transbordar algum líquido.

BIOGRAFIAS

Arquimino dos Santos,
mais conhecido como Quino, nasceu
na comunidade do Córrego do
Alexandre, município de Conceição da
Barra, no Espírito Santo, no território
quilombola do Sapê do Norte, onde
vive até hoje. É o quarto dos dez filhos
de Arcelino Joaquim dos Santos e
Laudemira dos Santos. Os ancestrais
de seus pais foram embaixadores e reis
no Baile de Congo de São Benedito,
o Ticumbi. Seu pai foi embaixador e
Rei de Congo por décadas e, com a
morte dele, Quino herdou a espada
de embaixador, função que ainda
exerce. Auxilia o antigo mestre na
composição das marchas do extenso
Baile de Congo, tira versos para os
congos cantarem e cria as próprias
embaixadas. Pescador de profissão,
é também um dos sanfoneiros que
anima os ensaios do Ticumbi.

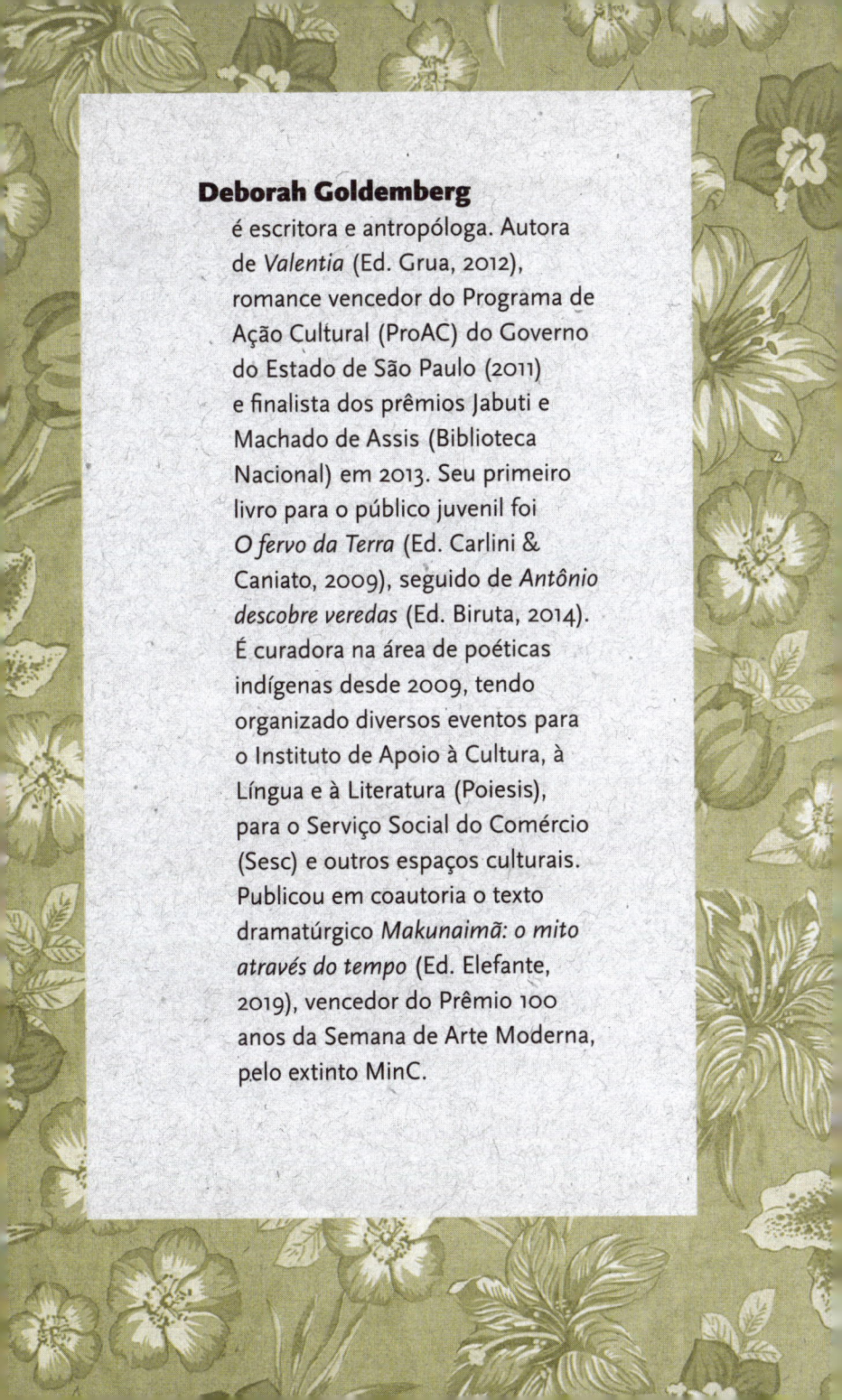

Deborah Goldemberg
é escritora e antropóloga. Autora de *Valentia* (Ed. Grua, 2012), romance vencedor do Programa de Ação Cultural (ProAC) do Governo do Estado de São Paulo (2011) e finalista dos prêmios Jabuti e Machado de Assis (Biblioteca Nacional) em 2013. Seu primeiro livro para o público juvenil foi *O fervo da Terra* (Ed. Carlini & Caniato, 2009), seguido de *Antônio descobre veredas* (Ed. Biruta, 2014). É curadora na área de poéticas indígenas desde 2009, tendo organizado diversos eventos para o Instituto de Apoio à Cultura, à Língua e à Literatura (Poiesis), para o Serviço Social do Comércio (Sesc) e outros espaços culturais. Publicou em coautoria o texto dramatúrgico *Makunaimã: o mito através do tempo* (Ed. Elefante, 2019), vencedor do Prêmio 100 anos da Semana de Arte Moderna, pelo extinto MinC.

Jefferson Gonçalves Correia
é paulista e foi morar no Espírito Santo no início de 1996, depois de meses de pesquisa de campo sobre cultura popular com amigos de um grupo de teatro paulistano. Escolheu viver em Itaúnas, uma vila de pescadores no litoral capixaba, rodeada pelas muitas comunidades quilombolas do Sapê do Norte, onde se encontra uma profusão de práticas culturais intangíveis, como o Ticumbi, o jongo e o Reis de Boi. Retomou à graduação em Ciências Sociais, que iniciara na Universidade de São Paulo (USP), e formou-se pela Universidade Federal do Espírito Santo (UFES). Atuou na gestão pública com titulação de territórios quilombolas e políticas do patrimônio cultural imaterial. Coordenou pesquisas participativas com jovens quilombolas sobre suas comunidades nos estados do Rio de Janeiro e do Espírito Santo. Atualmente, é professor de Sociologia e pesquisador de expressões culturais do patrimônio imaterial e de relações étnico-raciais.

Este livro foi
composto
usando-se a
tipografia Scala
Sans Pro.